지구라는 행성
살아보니

KB191561

지구라는 행성 살아보니

발행일	2025년 3월 21일		
지은이	강신열		
펴낸이	손형국		
펴낸곳	(주)북랩		
편집인	선일영	편집	김현아, 배진용, 김다빈, 김부경
디자인	이현수, 김민하, 임진형, 안유경, 한수희	제작	박기성, 구성우, 이창영, 배상진
마케팅	김회란, 박진관		
출판등록	2004. 12. 1(제2012-000051호)		
주소	서울특별시 금천구 가산디지털 1로 168, 우림라이온스밸리 B동 B111호, B113~115호		
홈페이지	www.book.co.kr		
전화번호	(02)2026-5777	팩스	(02)3159-9637
ISBN	979-11-7224-555-9 03810 (종이책)		979-11-7224-556-6 05810 (전자책)

작가 연락처 문의 ▸ ask.book.co.kr
작가 연락처는 개인정보이므로 북랩에서 알려드릴 수 없습니다.

강신열 에세이

지구라는 행성
살아보니

북랩

목차

이상한 행성 지구

인간들의 생과 삶

생과 삶의 지혜

인생 살아보니

살아가며 힘이 되는 말들

이상한 행성 지구

이상한 행성 지구

무한대의 시간 속, 무한한 공간 속에서 아주 보잘것 없는 은하계의 변방에 위치한 작은 별 태양, 그 태양을 돌고 있는 9개의 행성 중 하나인 지구에 살고 있으면서 우주 삼라만상이 자신을 중심으로 돌고 있고 자신만을 위해 존재한다고 믿고 있는 이상한 행성, 지구의 사람들.

지축이 중심에 있지 않고 비스듬한 사선이 지축이라 삐딱하게 돌고 있어, 그래서 모든 게 일정치가 않아 계절이란 것도 생겨나고 날씨도 변덕스럽게 바뀌고 그 속에 사는 생물들도 제각각 똑바르게 행동하지 않는가 보다.

그렇게 보잘것없는 행성, 지구상에서 한참이나 뒤늦게 태어나 두발로 걸으면서 몸집이 크지도 않은 것이 모든 생물들을 지배하면서도 지들끼리는 허구한 날 싸움질이다.

극히 이기적이면서 힘도 약한 것이 만물의 영장이라며 지구상의 주인으로 거듭날 수 있었던 것은 머리가 좋아 도구를 사용할 줄 알고, 서로 협력하고 이타주의적이면 큰 조직력을 이용해 엄청난 힘을 발휘할 수 있다는 사실을 깨닫고는 혈연, 지연, 학연 등 무수히 많은 이해 단체를 만들며 자신들의 이익을 위해 힘을 키워 가며 싸움질이다.

자신이 잘났다고 열심히 살고 있지만, 뜻대로 되지 않는 거지, 멀쩡하다가 아프기도 하고, 갑자기 이유도 모르게 죽기도 하고, 하루아침에 자신의 상황이 나락으로 떨어지기도 하고, 자신이 믿을 수 없는 일들이 발생하니 누군가 보이지 않는 절대적 지배자 즉 신이 있다고 믿고는 스스로 신을 만들어 기도하며, 자신들이 만들어 놓은 신 앞에 스스로 지배받고 살아가면서, 또 끝없는 싸움질이다.

그 많은 신들을 만들어 놓고 지들이 만든 신만이 유일하며 절대적이라고 싸움질, 같은 신 밑에서도 자신만이 신의 부름을 받았다며 자신이 신을 모셔야 한다며 여전히 싸움질이야.

자신이 재림한 신이라며 떠드는 인간들과 이들을 믿고 모든 것을 바쳐가며 따르는 인간들이 함께하는 이 지구라는 행성의 사람들을 이해하기가 어렵다.

눈에 보이지 않는 선을 그어놓고는 서로 자기네 땅이라고, 자기네 바다라고 우기며 티격태격 사방팔방 싸움질이다.

그 땅 들은 예전이나 지금이나 변함없음에도 주인이 여러 차례 바뀌었고, 이제 또 빼앗기지 않으려 몸부림친다.

권력을 쥐고 있는 지도자 몇 명만 바뀌었을 뿐 실제 그 땅을 지배하고 있는 자들은 변함이 없는데도 말이다.

냉전시대에는 사회주의와 민주주의라는 체제의 갈등으로 편 가르기를 하고 서로 힘을 겨루더니, 이제는 G2라는 이름으로 골목대장 둘이서 자신들의 힘을 과시하며 자기 편이 아니면 윽박지르고 협박하고, 자기편을 도와 싸움질시키고 때로는 자신의 힘으로 굴복시키며 패권국가로서의 지위 확보를 위해 주먹을 들어 올려 힘을 과시하기도 하고 사탕을 주어가며 자기 세력을 끌어들이기도 하며 주도권을 쥐기 위해 으르렁거린다.

한 국가 내에서도 권력을 차지하기 위해 끼리끼리 뭉쳐 정당을 만들고, 국민을 위한다는 명분 아래 끊임없이 싸움질하는 사람들.

각종 단체나 협회 그리고 회사 등 모든 조직에서도 권력, 명예 그리고 부의 축적을 위해 수단과 방법을 가리지 않고 조직의 최고점에 이르기 위해 얼마나 발버둥을 치며 싸움질인가.

그뿐 아니라 조직의 최소단위인 가정에서도 부를 차지하기 위해 왕자의 난, 가족 간의 싸움질은 그치질 않는다.

권력을 쥐고 있는 몇몇 지도자들 그리고 그들을 추종하는 세력들과 그 권력을 쟁취하려는 세력 간의 싸움으로 인해 수많은 사람이 잔인하게 죽어가고, 굶주리고 이를 피해 도망치는 엄청난 피난민들과 이들을 받아들이지 않겠다고 담을 치는 아비규환의 지구라는 행성의 사람들.

진정한 행복이 가까이에 있음에도 먼 곳에서 찾으려는 사람들, 내면의 풍요로움보다 명예, 돈, 권력 등 외적 성취만을 최고의 목표로 삼는

사람들,

현실의 고통을 벗어나려 일시적인 해결책을 찾는 사람들,

실체가 없는 목표나 이상을 쫓는 사람들로 이 행성에는 차고 넘친다.

그들이 쫓고 있는 권력, 부 그리고 명예는 영원하지 않다는 것을 잘 알면서도,

100년을 살지도 못하면서 천년만년 살 것처럼 마치 신기루를 쫓고 있는 좀비들처럼,

지구라는 행성의 아름다운 자연 세상 속, 부질없는 인간 세상.

- 지구라는 행성에 와서 보니 온통 싸움판, 열의 생각

지구라는 행성

천체 물리학자 칼 세이건은 말한다.

우리가 살고 있는 지구의 자전 속도와 공전 속도를 아는가?

모른다면 지구를 떠나라.

(참고로 자전 속도는 위치에 따라 다르지만 적도 부위에서는 마하 1.3에 해당하는 시속 약 1,600㎞, 공전 속도는 시속 10만㎞(총알 속도 3,000㎞/h)가 넘는 정도인데, 이도 모르면 지구에 살 자격이 없다는 의미이다.)

이렇듯 미친 듯이 돌고 있는 지구는 빛을 스스로 발하는 별도 아니고, 태양 주변을 돌고 있는 아주 작은 행성이다.

태양은 우리가 속해있는 우리 은하계에 3,000억 개 별 중 아주 보잘 것없는 변방의 미세한 별 중 하나이며, 우주에는 이런 은하계가 약 3,000억 개가 넘게 있다고 하니(이것도 1900년대 중반 당시 기술로 밝혀진 내용 토대로) 지구는 바닷가의 모래알 정도로 비유가 될 것이요, 그 안에서 아등바등대는 우리 인간은 이미 존재의 의미를 잃는다.

우주의 나이 138억 년을 1년으로 가정하는 Cosmos Calendar를 고려하면, 1월 1일 0시 빅뱅이 일어난 후 9월 초에 태양과 지구가 탄생하고 공룡은 12월 25일 탄생하여 28일 멸종하고, 우리 인류는 12월 31일 밤 10시 30분쯤 탄생하였고, 예수님은 12월 31일 밤 11시 59분 55초에 탄생하셨고 산업혁명은 59초에 그리고 지금이 2년 1월 1일 0시 기준이면 2월 초에 지구의 모든 생명은 사라지고, 7월 초에는 태양도 죽어가는 별 적색 거성으로 변한다. 인류의 삶이라는 것은 영원이라는 시간 속 (미적분에서 limit 유한수/ 무한대 = 0) 제로와 같은 순간, 즉 찰나인 것이다.

존재의 의미도 없고 눈 깜박이는 순간을 살다가는 인생.

100년을 살지도 못하면서 천년만년 살 것처럼 권력과 돈에 눈이 멀어 유치하고 저급하게 인생을 살아가는 인간들과 함께하는 삶에 가슴을 친다.

- 저급한 정치인들, 밥그릇 지키려는 의사 양반들, 눈치 보는 판검사들을 보며, 열의 생각

선택을 받아야 하는 생

나는 누구인가?

내가 나라고 인식하는 나는 단지 내 몸뚱어리의 지배자인 혼인가?

아니면 육체와 함께하는 내 육체 속 나를 인지하는 그 무엇인가?

전자라면 그 혼은 귀신이 되어 나타나기도 하고, 후세에 또 다른 육체를 통해 재림할 수도 있단 말인가?

후자라면 내 육체의 생을 마감하는 날 나를 인식하는 나는 영원히 끝나는 것인가?

내가 나라고 인식하는 나는 나의 부모님이 지니고 있는 육체적 특성 그리고 성격과 같이 그들의 유전자 속에서 탄생한 것일까?

만일 그렇다면 내가 나라고 인지하고 있는 나에 대한 인식과 남들이 갖고 있는 그들의 나라는 인식은 다른 것인가?

내가 나라고 인지하는 나는 부모로부터 물려받은 유전자를 통해 탄생한 육체적 그리고 정신적 몸뚱어리에 외부로부터 주어진 일종의 혼일까?

1900년대 던컨 맥두걸이라는 의사가 영혼이 있다는 가정 하에 영혼의 무게를 재기 위해 임종을 앞둔 환자 6명으로부터 사망 전후의 무게를 재어 봤더니 21그램이었다고 언급한 것은 외부로부터 나를 인식하는 혼이라는 것이 있다는 것인가?

그렇다면 내가 나라고 인식하는 혼은 어디서 온 것일까?

수많은 육체가 태어날 때마다 혼을 부여받는다면, 육체가 죽어 사라질 때는 어디로 가는 것이며, 예전에 비해 인간의 수가 많이 늘었는데 부족한 혼들은 어디서 와서 채워지는 것일까?

그렇다면 그 혼들은 나라고 인식하는 내 육체가 아니라 다른 육체일 수도 있었을 텐데.

어떤 혼들은 운 좋게 노래 잘하고, 운동 잘하고 남들보다 월등히 뛰어난 능력을 갖고 있는 육체에 붙게 되어 부귀영화를 누리고, 아니 능력이 없는 육체라도 재벌과 같은 부모 밑에 태어난 육체에 붙어 존경받는 인생을 살아가고, 어떤 혼은 몸이 약해 얼마 살지도 못하는 육체에 붙어 단명하는 삶에 슬퍼하고, 또 어떤 혼들은 성격이 난폭하고 사악한 육체에 붙어 평생을 감옥살이로 마감하는 안타까운 인생을 감수해야 하는 것일까?

나는 누구인가?

죽어보지 않아 알 수 없는 나를 인식하는 나는 외부로부터 온 혼일까? 아니면 그저 몸속의 나의 육체를 인지하는 그 무엇일까?

동물들도 자신을 인지하는 나라는 개념의 그 무엇인가가 있을 텐데, 만일 그 혼이라는 것이 있어 무작위로 주어진다면 후세에 나는 동물로도 태어날 수도 있단 말인가?

얼마나 끔찍한 일인가?

자신의 의지와는 무관하게 노동에 착취당하고 단지 먹거리로서의 인생을 마감해야 하는 닭장 속의 닭들이나 우리 안의 동물들은 나라는 나를 어떻게 인지하고 있을까?

나라는 인식을 갖는 혼이 별도의 육체에 주어진 것이라면 그 기준은 무엇인가?

다시 태어날 수도, 동물로 태어날 수도, 다른 행성에 태어날 수도 있단 말인가?

아주 미개한 원시적 행성에, 아주 미세한 플랑크톤으로도 나라는 인식을 갖는 나로 태어날 수도 있단 말인가?

나는 부모로부터 물려받은 나의 육체를 인지하는 그 무엇이라면, 나의 육체가 다하는 순간 나를 인식하는 나라는 나는 영원히 사라질 것이다.

죽어봐야만 알 것 같은 나라는 나.

외부로부터 오는 혼이든, 나의 육체 속 나를 인지하는 그 무엇이든 선택할 수 없는, 선택을 받아야만 하는 단 한 번뿐인 생임에는 틀림이 없다.

그러기에 남에게 베풀고 가는 인생이 못되더라도 피해를 주고 가는 인생은 되지 말아야 하며, 후회 없는 멋진 인생 스토리를 만들어 가야 하는 이유이다.

- 어느 날 문득 나는 누구인가라는 물음에, 단 한 번뿐이라는 인생에 무한한 안타까움
  을 느끼며, 열의 생각

이기적인 인간 세상

리처드 도킨스는 그의 저서 〈이기적인 유전자〉에서 인간의 존재 이유가 유전자를 보존하기 위함이고, 유전자는 스스로 생명을 유지하고 전승하기 위해 수단과 방법을 가리지 않고 모든 방법을 동원한다.

이때 활용되는 방법이 이기주의라고 말한다.

저급한 정치 권력 싸움, 의사들이나 민주노총의 밥그릇 싸움, 기후 온난화, 러-우 와 팔-이 전쟁, 미중 패권경쟁, 세기적 난민들의 이주와 이를 막으려는 극우주의자들, 보호무역과 자국 우선주의, 경기 침체와 세계적 양극화 등 이기적인 유전자를 갖고 있는 80억 인간들이 자신들만의 세상을 위해 만들어낸 참상들이다.

우리 사회를 설명하는 세 가지 경제학 개념에도 이기적 유전자를 갖는 인간의 모습은 잘 나타난다.

보이지 않는 손(개인의 이익을 추구하게 내버려 두면 스스로 시장경제가 잘 굴러간다, 하지만 맡기기만 하면 독점이나 불공정 거래로 인한 양극화), 공유지의 비극(마을의 공동 초지를 내버려두면 개인적 욕심에 소 떼를 마구 풀어 결국 파멸한다) 그리고 죄수의 딜레마(범죄를 저지른 두 죄수에게 둘 다 자백하면 둘 다 3년 구형, 한 사람만 자백하면 자백한 자는 자유이며 다른 사람은 무기징역, 둘 다 부인하면 3개월 구형을 검사가 제시하면 결국 둘 다 자신만을 위해 자백해 3년 구형을 받는다)이 발생한다.

즉, 이기적 유전자를 갖고 있는 인간에게 자신의 이익만을 추구하도록 내버려 두면 모두가 불행해진다는 것이다.

"성공한 사람은 적이 많아, 성공하면 그 대가도 치러야지. 성공을 포기할 거야? 성공하고 적을 만들던가, 적 없이 삼류인생을 살던가 둘 중 하나야."

American Gangster에서 댄젤 위싱턴이 아내와 쇼핑 후 길거리에서 총격을 당한 뒤, 불만 섞인 소리로 화를 내자 협업 중인 조직의 두목이 한 말인데, 조직의 세계에서도 이기적 유전자를 갖는 인간의 모습이 그려진다.

죽음을 마주하며 써 내려간 책 이어령의 〈마지막 수업〉에서 메모해 두었던 위로의 글을 찾아본다.

"내 것인 줄 알았으나, 받은 것 모두가 선물이었다."
"성공한 사람들은 뒤집어 보면 모두가 실패자야, 사회성 좋은 사람들이 위대한 철학자가 되고 예술가가 된 사람은 없거든."

그는 또한 가장 부유한 삶은 소유가 아니라, 이야기가 있는 삶이라며 인생도 생존을 위한 삶은 고역이지만 자신만의 이야기를 만들어 간다고 생각하면 가난해도 행복하다는 말에 공감이 간다.

운 좋게 지구라는 행성에 잠깐 다녀가면서 나의 손을 내밀어 남에게 베풀고 배려하는 인생은 못되더라도, 지금의 내가 있음에 감사하고 나의 삶에 다가와 영향을 준 사람들, 즉 SO(Significant Others)들에게 외면하지 말고 인연과 의리를 소중하게 여기며 나의 존재가 남의 존재에 자그마한 상처라도 만들고 가서는 안 되는 이유이다.

퇴임 후 인연과 의리를 외면한 채 살아가는 주변 인간들을 보며, 아린 가슴을 글로써 위로해 본다.

신기루 같은 권력을 쫓아 아부하던 수많은 인간의 배반의 정치, 탄핵의 정치 그리고 철새의 정치를 보며 권력의 최고 정점에 서 있었던 사람들의 마음은 어땠을까.

- 정의, 그리고 공정을 외치는 말과는 달리 내로남불의 자기중심적인 행동을 보이는 사람들을 보며, 열의 생각

정치하는 인간들

"정치에 무관심하면 가장 저급한 인간의 지배를 받는다."

플라톤의 말이다.

대다수 시민사회의 극히 상식적 보편타당한 이익이 무시되고, 소수 특정 세력들, 자신만의 이익을 위한 정치로 전락할 수 있기 때문이다.

여기서 보편타당한 이익에 대한 개념은 사람마다 차이가 있을 수 있고, 보수와 진보에 따라 다르게 해석되기도 한다.

그렇다면 보수와 진보의 차이는 무엇인가, 보수는 신자유주의 체제하에 성장주도를 목표로 시장자율화가 높고 정부개입이 낮아 규제와 세금이 낮고 복지가 낮아져 양극화 가능성을 초래할 수 있다.

자본가가 선호하며 부르주아 기업으로 호도되기도 하지만 성장 없이 분배는 없다는 논리로 고도성장을 이끌어내는 개도국의 주요 정책이기도 하다.

반면 진보는 후기 자본주의 체제에서 공산주의, 사회민주주의로 변화하면서 분배 주도를 목표로 시장자율화가 낮고 정부개입이 높아, 규제가 많고 투자가 위축되는 반면 세금이 높아 복지가 좋아진다.

노동자, 농민, 서민, 프롤레타리아 노동자들이 선호하는 정책으로 볼 수 있다.

보수와 진보는 누가 옳다고 가릴 수 있는 대상이 아니며, 서로의 장단점이 있는 만큼 상황에 맞게 정반합을 이루어가며 발전하며 민주주의의 성숙한 사회로 이끌어가야 하는 것이 정치인들이 할 일인 것이다.

성숙하고 스마트한 사회로 만들기 위해서는 드론, AI, 자율주행, 로봇 등 고도 기술의 발전과 인구 초고령화, 인구절벽 그리고 기후 온난화와 같은 급변하는 사회환경에 맞게 법과 제도를 때에 맞게 바꾸어 나가는 일에 조금도 게으름이 없어야 할 것이다.

작금의 정치를 보면, 보수와 진보를 떠나, 국회 절대 권력을 가진 다수당 의원들은 오로지 집권 세력을 무너뜨리고, 권력을 잡으려는 탄핵 정치, 보복의 정치에 여념이 없다.

정책의 대결장이 되어야 하는 국회는 언론장악을 위한 투쟁과, 각종 특검, 그리고 기관장들과 판검사 탄핵 등 상대 권력을 끌어내리는 데만 혈안 되어 있는 데다 그 과정의 청문회를 보면 저급한 수준의 막말에 저질스러움이 극에 달해 정치를 외면하고만 싶어진다.

오래전 이건희 회장의 "우리나라 기업은 2류, 행정은 3류, 정치는 4류"

라는 말씀이 지금도 틀리지 않는 듯하다.

교세라 그룹의 이나모리 회장의 성공 방정식을 들어보자.

조직과 개인의 성공은 '태도×열정×능력'인데, 열정과 능력이 아무리 좋아도 태도가(인격, 인성, 가치기준) 마이너스이면 기업이나 사회에 덧셈이 아닌, 곱셈법으로 부정적(마이너스) 영향을 끼친다는 것이다.

즉 똑똑하고 능력 있는 자가 무인격 기회주의자라면, 27세 은행원의 무리한 투기로 인해 200년 역사를 가진 베어링 은행의 파산처럼 조직은 곱셈으로 위험해질 수 있기에 능력이 다소 떨어져도 플러스(+, 옳 바른) 가치관을 가진 자가 조직에 더욱 필요하며, 리더는 절대적으로 인성과 인격이 우선시되어야 한다는 이론이다.

권력의 최고 정점 주변에 사추시간(위 나라 사추가 죽어 자신의 시신을 통해 임금께 간언함)은 없고, 그 권력에 아부하며 맹목적으로 추종하는 세력들.

전과자의 비율이 30%가 넘고 면책 특권을 내세워 거짓과 막말을 하며 저급한 행동을 보이는 일부 정치하는 사람들.

정의 그리고 덕과 겸손의 모범을 보여야 함에도 내로남불의 행태를 보이며 반성은커녕 복수의 정치를 일삼고, 이념정치로 국민을 갈라치기 하는 소위 리더라고 하는 사회의 저명인사들.

악법도 법이라며 죽음을 택한 테스 형은 우리 사회에 무엇을 보여주려 했을까?

테스 형이 지하에서 통탄할 일이다.

이런 정치는 진정 성숙한 사회보다는 민주주의를 말아먹는 광란의 막가 파 정치란 것을 잘 알면서 왜 그 많은 사람이 이들을 지지하고 미친 듯 따르는 것일까?

정의, 인격과 윤리 그리고 보편적 가치보다는 자신들만의 이익을 추구하는 지지자들, 자신의 입장을 대변해 주며 복수를 통한 대리 만족에 모든 것을 던진 사람들과 한 맺힌 사람들의 '묻지 마'식 지지가 있기 때문일 것이다.

우리나라가 짧은 시간에 선진국보다 나은 교통, 의료 시스템과 사회 복지 시스템을 갖출 수 있었던 이유는 성장주도 정책의 보수정당 못지 않게 분배를 부르짖는 진보의 역할도 있었음을 부정하진 않지만 좀 더 성숙한 사회를 만들어가기 위해서는 좀 더 높은 가치기준을 갖고 정치에 관심을 가져야 하지 않는가.

이나모리 회장과 플라톤의 말처럼, 진보 보수를 떠나 그리고 자신의 이익과 실리 추구는 뒤로하고, 저급한 인간들에게 지배받지 않기 위해서, 정치가 2류 1류로 거듭날 수 있도록, 인당 GDP 3만 달러가 넘는 성

숙한 사회를 위해, 높은 가치기준을 갖고 우리가 정치에 관심을 가져야
하는 이유이다.

- 국회에서 권력만 쫓는 의원님, 막말에 저급하게 행동하는 정치인들의 득표율이 오르
는 이상한 전당 대회를 보며, 열의 생각

권력의 순리

<hr/>

"10명의 부하 중 분명 1명은 충신이고 또 한 명은 역적이며, 나
머지 8명은 내가 강하면 충신이 되고, 내가 약해지면 역적이
될 것이다."

아버지 태조 이성계를 도와 조선 건국의 공을 세우고, 2차 왕자의 난
을 수습하고 3대 왕으로 등극한 태종 이방원이 한 말이다.

그는 권력의 습성을 잘 알기에, 세종을 왕으로 등극시킨 후, 5년간 상
왕으로 지내면서 세종의 왕권을 강화시키기 위해 모든 정사에 관여하
며 세종의 왕권을 위협하는 세력은 과감히 차단하고 세종이 든든한 왕
권을 바탕으로 정사에만 전념토록 배려하였다.

군주와 역적은 동기나 과정에 있는 것이 아니라, 그 과정이 성공했는
가 실패했는가 결과에 따른 차이다.

반란이나 혁명이 성공하면 군주가 되는 것이고, 실패하면 역적이 되
는 것이다.

공천권에 눈이 멀어 자신의 색깔도 무시한 채 여야로 옮겨 다니는 의
원들, 자신의 입장만 생각하고 배반의 정치하는 사람들. 자신의 주관과
정체성을 숨긴 채 민심이나 강자의 흐름에 이리저리 줄을 대려는 철새

정치인들. 요즘 우리들의 눈에 비친 정치하는 사람들의 모습이다.

"역사는 승자의 기록이다. 역사는 지나간 시대의 사람이나 오늘을 살아가는 사람이나 다 똑같음을 증명한다."

평설 열국지의 첫 장에 나오는 글이다.

권력의 순리와 무상함을 보여주는 사기에는 '부도옹(不倒翁) 최저'에 대한 이야기가 있다.
넘어지지 않는 오뚝이란 뜻의 제나라 재상 최저를 말한다.

제나라 군주 제영공이 중병이 들자 최저는 폐위되었던 세자 광을 궁으로 끌어들이고, 세자 광은 공자 아를 폐적시키고 스스로 임금에 오르게 되는데, 그가 제장공이며, 일등 공신 최저는 재상이 되어 권력 서열 1위에, 최저와 함께 동조한 경봉은 서열 2위에 오르게 된다.

이를 계기로 제장공과 최저는 임금과 신하의 관계를 넘어 친구처럼 지내면서 최저의 집을 자주 방문하곤 했는데, 제장공은 절세의 미녀였던 최저의 아내 당강에 빠져 그 자리에서 내실로 끌고 들어가 간음을 하게 된다.
최저는 신하로서 어쩔 수 없었으나, 제장공을 제거하기로 날을 벼른다.

이 당시 최저는 전 부인으로부터 얻은 두 아들 최상과 최강을 두었고, 당강은 전남편과의 사이에 당무구라는 아들을 두었는데 초상집에서 당강을 보고 반해 그의 오빠인 동곽언을 설득해 재혼을 하게 되었고, 둘 사이에 얻은 아들이 최명이다.

최저는 당강을 몹시 사랑해 자신의 친 두 아들보다도 동곽언과 당무구를 신임하여 많은 일을 이들에게 맡겼다.

최저는 제장공을 죽일 계획을 세우고, 제장공을 자신의 집으로 유인, 준비하여 배치시켜 두었던 동곽언과 당무구, 그리고 최상과 최강의 가무들을 이용해 제장공을 죽이게 된다.

이때 제장공이 반항하며 대치하는 상황이 벌어지게 되는데, 군사를 일으켜 최저 집을 포위한 경봉은 머리를 굴린다.

최저를 멸하고 제장공의 일등 공신으로 등극할 것인가, 아니면 제장공을 죽이고 최저와 함께 자신의 권력을 지킬 것인가?

고민하며 포위만 하였지, 둘 중에 승자에게 붙기로 작정하고 누가 이길 것인지 방관하는 상황이 벌어지고, 제장공은 담장을 넘어 도망치다가 화살을 맞고 죽임을 당하게 된다.

최저는 제장공을 시해하고 노 나라로 망명해 있던, 제영공의 아들이자 제장공의 이복동생 공자 저구를 임금으로 앉히니 그가 제경공이다.

이때부터 최저의 권력은 더욱 드세져 정사를 자기 집에서 볼 정도였다.

동곽언과 당무구 그리고 최저의 사랑을 받는 최명의 권력 또한 막강해졌음은 두말할 나위가 없다.

이에 최상과 최강 두 형제는 자신의 위치를 읽고, 권력을 포기하고 최읍을 식읍으로 낙향하려 하였으나, 이마저 실세인 동곽언과 당무구에 의해 땅까지 빼앗기게 되자 이들을 죽일 계획을 세우게 되는데, 이때 경봉의 힘을 빌리기로 한다.

한편 경봉은 최저 일가의 내분을 계기로, 최저의 권력을 약화시킬 목적으로 그의 심복 노포별에게 두 형제를 도우라고 지시한다.
최상 최강 두 형제는 경봉의 군사들을 빌어 최저 집에 들어오는 동곽언과 당무구를 쳐 죽이고, 이 광경을 목격한 최명은 옷도 제대로 걸치지 못한 채 도망치게 되고 아버지 최저는 자신도 죽임을 당할까 두려워 경봉 집으로 도망가 경봉에게 도움을 청한다.
고양이에게 생선을 맡기는 꼴이 된 셈이다.

경봉의 명을 받은 노포별은 최저를 앞세우고, 최저의 집으로 당도하자 반갑게 맞이하는 최상, 최강 두 형제를 죽이고는 칼을 다시 최저의 목에 들이댄다.
노포별은 이제야 제영공의 복수를 하겠다며, 최저에게 스스로 목을 끊으라 하며 방으로 안내하게 되는데, 방 안에는 이미 최저의 아내 당강이 목을 매 허공에 매달린 상태이고 자신도 그 옆에서 목을 매고 자살하게 된다.

춘추전국시대 제 나라 이야기로 어느 쪽에 붙을까 고민하는 경봉의 모습에 요즘 민심의 방향에 따라 자신의 입장을 카멜레온처럼 변장하는 정치인들을 보는 듯하고, 처자 모두를 잃고 자신도 끝내 자살하는 인생 막장드라마를 연출하는 최저의 모습에서는 권력의 순리와 무상함을 보는 듯하다.

권력을 잡으려는 특검의 정치, 탄핵의 정치, 선동의 정치로 정계에 휘몰아치는 소용돌이 속에서 최고 권력자가 탄핵 소추되고 무정부 상태에 이르니 마치 권력을 다 잡은 듯 막무가내로 횡포를 부리는 거대 야당과 이에 동조하는 일부 언론들.

민심이 어떻게 돌아설지 아직 끝나지 않았는데 지금 이 순간 춘추전국시대 경봉과 최저의 일생이 떠오르는 것은 무엇 때문일까?

- 최고 권력의 지도자 한 명의 짧은 생각과 단순한 행동으로 나라가 두 동강 난 현실 앞에서, 리더 한 사람이 얼마나 많은 백성들을 눈멀게 하고 힘들게 하는지 보여주는 슬픈 나의 조국을 생각하며, 열의 생각

권력에 줄 대려는 사람들

인간 윤○○은 체포를 할 수 있어도, 현직 대통령은 체포를 해서는 안 된다고 생각한다.

현재 탄핵 소추된 상태로 대통령직은 아직 유지하고 있고, 직무만 정지된 상태인데 만일 대통령을 체포한다면 국제적 망신일 뿐 아니라 이것이 국가란 말인가?

우리 스스로 나라의 품격을 떨어뜨리는 것이 아닌가?

조사가 필요하다면 서면 질의나 방문 조사를 할 수도 있고, 법정에서 내란죄 여부, 월권 여부, 계엄이 법에 위반했다고 탄핵되면 그때 민간인 윤○○을 체포 구속하면 될 일을 왜들 이리도 싸움질인가.

전문 법조인이 아니지만, 계엄령은 대통령 고유의 권한으로 전시, 사변, 이에 준하는 국가 비상사태, 병력으로 군사상 필요에 응해야 할 때, 그리고 공공의 안녕질서를 유지할 필요가 있을 때 발포할 수 있다면 금번 사태가 이에 준하는 것인지 아니면 월권을 했는지 여부를 따져보면 될 일이 아닌가?

계엄령 선포가 있기까지 원인 제공을 했던 거대 야당의 탄핵의 정치, 특검의 정치 등 입법독재에 대해서는 침묵한 채, 계엄선포 자체만으로 함께 행동했던 군 경찰 지휘자들을 내란죄로 몰아 구속하고, 이제야 자기들의 세상이 온 듯 거만하게 행동하는 거대 야당 정치인들과 이에 동조하는 일부 언론들도 선동질하니 온 세상이 둘로 갈려 싸움질이다.

세상이 바뀌어 국정이 마비되고, 거대한 권력의 물줄기가 새롭게 바뀌어 가는 듯하니 정치하는 사람들이 눈치 보기 바쁘다.

권력은 국민으로부터 나오는 것이고 민심은 변함없는 것이 아니라 항상 요동치는 것인데, 민심의 흐름이 어디로 갈지 깜깜한 현실 앞에 눈앞의 권력에만 줄 대려는 사람들로 세상은 차고 넘친다.

나는 정치가도 법률가도 아닌 군인으로 명령에 따랐을 뿐 그것이 죄라면 달게 받겠다고 하면 빛나는 별이 되었을 텐데, 울고 짜며 속았어요, 몰랐어요, 내려 보니 여의도네요 핑계 대던 똥별들을 보며 어찌 나라를 맡기겠는가,

자신의 직분은 경호업무라며 끝까지 막겠다는 자신의 업무에 충실한 경호처장을 업무방해죄로 처벌하겠다면, 이 나라 모든 기관장은 상관의 지시는 무시하고 법부터 따져야 하는가,
이것이야말로 달을 보라 손가락을 가리켰더니 손가락만 본다는 견지망월(見指忘月)이 아니고 무엇인가?
조직의 의도나 목적은 잊고 무사안일주의가 팽배한 그리고 권력의 줄에 집착하는 조직만이 넘쳐나게 될 것 아닌가.

만일 모든 기관장이 법부터 따져야 한다면, 그 법에 대한 해석과 판단은 누가 내려야 하는가,

법원도 온통 정치 판사들로 빨갛고 파랗게 물들어 있는데, 나라 꼴이 둘로 갈리어 모든 국민이 정치가로 변해 버렸으니, 소 밥은 누가 주며 밭은 누가 갈아야 하나요.

- 아~~ 슬픈 대한민국이여, 열의 생각

국가란 무엇인가

태어나면 주민세, 아끼고 모으면 재산세, 열심히 일하면 소득세, 죽으면 상속세, 차 사면 등록세, 집 사면 취득세, 집 팔면 양도세, 자식들 돈 주면 증여세.

각종 세금 다 내고 순수하고 깨끗한 나의 돈이라도 노후 자금으로 은행이나 주식에 투자해 이자나 배당금이 붙으면 다시 금융투자 소득세가 붙고, 보수 외 국민 건강 보험료도 추가로 내야 한다.

납세는 국민으로서 마땅히 지켜야 할 4대 의무 중 하나로, 납세의 의무를 다하지 못하게 되면 국민으로서 출국금지, 대출, 부동산 구입, 정부가 추진하는 사업의 참여 불가 등 불이익을 물론 경제사범으로 교도소에 갈 수도 있다.

이처럼 국가는 국민 개개인에 대한 막강한 권력을 가졌을 뿐 아니라, 막말로 칼만 안 들었을 뿐 합법적 강도임에는 틀림이 없다.

개인 자산의 많은 부분을 빼앗아 가기 때문이다.

그렇다면 국가는 무소불위의 막강한 권력으로 국민으로부터 4대 의무를 강요하는 대신 무엇을 제공하는가?

국민의 생명과 안녕을 책임져야 할 기본적 역할이 있는 것이다.

외국의 군사적 위협이나 전쟁으로부터의 생명, 건강이나 질병으로부터의 보호, 사회적 무질서나 위협으로부터의 안전 그리고 생업에 전념할 수 있도록 국민을 보호할 책임이 있는 것이다.

노동의 자유는 의무이기도 하지만, 권리이기도 해 특정 단체로부터 노동의 자유를 침해받거나 제한받는다면 국가는 국민의 자유로운 노동의 권리를 보호할 책임이 있는 것이다.

또한 국민이 질병으로부터 고통을 받는다면 이 또한 보호받아야 할 권리가 있듯이 특정 단체의 단체행동으로 인해 의료 시스템의 혜택을 받지 못한다거나 제한을 받는다면 이는 국가가 책임을 져야 할 부분이다.

국방의 의무를 다하려 군에 입대를 했는데, 군 지휘체계의 부당한 처사로 신체상 불이익을 당하거나 생명을 잃었다면 응당 국가는 책임을 져야 할 부분일 것이다.

그렇다면 여기서 내가 국가에 제공한 의무와 국가가 내게 베풀어준 혜택에 대한 공정성을 저울질하게 된다.

복지는 좋아졌다.

하지만 내가 낸 세금과 국가를 위해 봉사한 의무와 헌신에 비해 내가 국가로부터 불공정한 처우를 받는다면 그는 국가에 대한 신뢰와 믿음이 떨어질 것이다.

나라를 떠나는 이유가 여기에 있다.

상속세를 포함해 내가 부담해야 할 각종 세금이 내가 받고 있는 처우에 비해 감당할 수 없을 정도로 많다면, 국가가 정의롭지 못하고 기회나 절차상 그 과정이 공정하지 못하다면, 일개 단체의 집단적 이기주의에 나약한 모습을 보이거나 주 적으로부터 나의 안전과 생명에 불안을 느낀다면 국가를 떠나려 할 것이다.

국가의 최고 권력을 쟁취하기 위해 특정 단체와 손을 잡고 집권 후, 이들 단체에 특혜 내지는 국민에 해를 끼치는 단체행위에 대해서도 제재를 가하지 못한다면 이는 협잡꾼이지, 국가가 아닌 것이다.

국민의 안녕을 위협하는 주 적으로부터 국민을 보호해야 할 국가가 국민의 안전과 미래의 통일을 핑계로 주적을 도와주고 금전적 혜택을 주어 이들의 힘을 키워 준다면 국민으로서는 세금을 낼 의미가 없는 것이다.

개혁이란 무엇인가?

부족하고 잘못된 것을 고쳐가는 개선과는 엄연히 다르다.

개혁에는 많은 고난과 고통이 따른다.

비행기를 좀 더 빠르게 날게 하기 위해서는 개선이 필요하지만, 마하를 돌파하는 속도의 근본적 업그레이드를 위해서는 재질, 엔진, 형체 모두를 바꿔야 하는 근본적인 개혁이 필요한 것이다.

개혁은 개선과 달리 엄청난 고통과 인내가 필요하고, 그러한 인내와 고통 없이는 개혁을 이룰 수는 없는 것이다.

각종 개혁이 몰고 올 파장과 인기 하락을 우려해 슬그머니 자신의 임기 후로 연기시키고, 퍼주기식 복지와 대북 지원으로 재정을 파탄 냈다면 누가 그를 리더라 할 것이며, 국가를 신뢰하고 따를 것인가?

작금의 의료 개혁도 같다.
그러한 고통과 인내를 생각하지 않고, 준비도 부족한 상태에서 시행했다면 이는 분명 졸속 정책으로, 일개 단체에 끌려간다면 이것이 국가라고 말할 수 있는가?

인류의 생명과 건강을 보호하고, 인권을 신장하는데 기여함을 목적으로 하는 기본 정신에 입각하여 본연의 의료행위에 충실한 다수의 의사들을 제외한, 국민의 생명을 담보로 단체행동을 하고 있는 의료단체들은 자신들의 밥그릇을 지키려는 정말이지 유치하고 비열한 자들임에는 틀림이 없다.

초기에 잘한 일이라고 당연히 해야 할 일이라며 90% 넘게 지지를 보이다가, 의료대란으로 이어지며 불안한 마음이 커지자 다시 정부를 비난하는 냄비 근성의 다수 국민도 문제가 있다.
초기에 침묵으로 일관하다가 민심이 불안해하자 정부의 정책을 비난하고 권력을 끌어내리려는 선동 정치로 이용하려는 야당 또한 눈 돌리게 한다.

생각하지 못한 저항에 부딪히자 다시 이들과 대화를 빌미로 꼬리를 내리면서 약한 모습을 보이는 정부를 보면서 이게 국가인가 되묻고 싶을 따름이다.

국가가 많은 단체 중 일개 단체에게 개혁을 하지도 못한 채 무릎을 꿇는다면, 영원히 그들에게 지배받는 국민이 될 것이며, 이는 소인배들의 집단이지 국가가 아닌 것이다.

엄청난 고통과 희생이 따르더라도 꼭 이루어야 한다면, 그런 개혁은 과감히 실행에 옮겨야 하기에, 국가의 움직임을 눈여겨보는 이유이다.

- 24년 가을, 국민을 우습게 보는 의사단체와 이들 눈치 보는 정부를 보면서, 철의 여인이라는 별명을 얻은 영국 대처 수상을 생각하게 된다. 열의 생각

누구를 위한 선택인가

미국 대선 결과가 트럼프의 압승으로 싱겁게 끝나고 말았다.

현 부통령인 해리스 후보와의 경쟁에서 면도날처럼 박빙의 승부로 결과를 보기까지 며칠이 걸릴 수도 있다는 사전 예상과는 달리 개표가 시작되고 채 하루도 지나지 않은 시점에 싱겁게 승부가 결정되고 만 것이다.

수준 이하의 막말, 성 추문과 입막음을 위한 추잡한 딜, 두 번의 탄핵 소추 그리고 비겁한 대선 불복에도 불구하고 트럼프가 다시 백악관에 입성한 것이다.

이런 문제아가 지구상 패권국가인 미국의 최고 권력인 대통령에 당선되었다는 사실에 실로 놀라움을 금치 못할 것이다.

유권자의 58% 이상이 현 바이든 정권의 정책에 반대한다는 입장을 밝혔고, 경쟁자인 해리스 부통령은 바이든의 정책에 차별화는커녕 문제가 없었음을 언급하며 계속 이어갈 뜻을 밝혀 다수의 흑인 그리고 히스패닉계의 지지를 잃었다는 것이 실패의 한 원인이라는 언론 보도의 말이다.

선거인단의 확보뿐 아니라 전체 투표율에서도 압승을 거둔 트럼프의 사전 지지율이 여론조사 결과와 다른 이유가 무엇인가?

문제아를 표면적으로 지지한다고 밝히기에는 부끄럽지만, 타 국가 제품의 막대한 관세 적용으로 일자리 창출과 불법 이민자들에 대한 강력한 대처 및 보수적 이민정책 그리고 보호무역을 통한 자국민 우선주의를 주요 정책으로 내세운 그에게 몰래 한 표를 던졌던 수많은 샤이 화이트(부끄러운 백인) 때문이 아닐까?

한 백인 노동자와의 인터뷰에서 "우리 같은 하류 인생도 뭉치면 엘리트들의 세상을 무너뜨릴 수 있다는 것을 보여줘 기쁘다"라고 말한 것을 보면 이해할 듯도 하다.

어찌 보면 남의 나라 일이라 치부할 수도 없는 일인 듯하다.
우리나라 정치가들의 모습 또한 크게 다르지 않기 때문이다.

많은 사람이 정치에 관심을 갖고 적극적으로 참여하였음에도 결과는 저급한 인간의 지배를 받는 꼴이 되고 말았다.
'저급한 인간'에 대한 기준이 시대적으로 많이 달라졌다는 말인가?

아마도 리더에 대한 가치 기준이 많이 달라진 탓이 아닐까?
예전에는 최고 권력자를 위한 후보자들은 학식과 인격, 품위와 덕망이 높아 주변으로부터 존경과 Follow ship이 많아 지지 세력이 많아지고, 당의 주요 정책이 뒷받침되어 국민적 지지를 얻게 되면 최고의 권력자가 되었다.
하지만 작금의 유권자들의 선택에 대한 가치기준은 후보자의 자질, 품위와 인격에는 관심이 없는 듯하다.

내게 일자리를 가져다주고, 물가를 안정시켜주고, 불법 이민자들로부터 나의 권익을 보호해주고 내게 실익을 가져다줄 후보가 선택의 기준이 되어 버렸다.

이기적인 유전자를 가진 인간이기에 있을 법한 일이다.

존경하는 리더보다는 내게 조금이라도 실익을 줄 수 있는 리더를 원하는 것이다.

- 조국이 자신을 위해 무엇을 할 수 있는지 묻지 말고, 자신이 조국을 위해 무엇을 할 수 있을지 스스로 물어보라는 케네디 대통령의 명언이 생각나는 대목이다. 열의 생각

공정하지도 정의롭지도 않은 사회

"기회는 평등하며, 과정은 공정하고 결과는 정의롭게."

전직 대통령 취임사에 언급된 내용으로, 정치하는 사람들, 법을 다루는 사람들이 항상 외치는 소리이다.

사회의 최고 지성인으로 우리 사회를 이끌어 가는 인간들의 내로남불의 행태, 말과는 다르게 그들만의 방식으로 그들만의 세상을 만들어 온 덕에 부의 양극화는 더욱 심해지고, 사회는 둘로 갈라져 분열을 초래하고 말았다.

자신의 정치 성향에 따라 판결이 달라지고, 유명 정치인들에 대한 고의적 판결 지연 등 법조계에 대한 국민의 신뢰는 무너지고 이념적 갈등은 더욱 커졌다.

최근 성난 시위대의 사법부 진입, 기물파손과 불법 난동 행위가 발생하자, 자신들은 민주주의 최고의 지성 집단으로, 법치가 무너지면 나라의 존립 자체가 흔들린다며 자신들이 민주주의 최후의 보루라지만, 그들의 최고 가치인 정의와 공정은 사라지고 모두가 정치색을 갖고 색깔에 따라 판결하고 있으니 무슨 민주주의 최후의 보루며, 이미 자신들이 무너뜨린 법치를 가지고 무슨 국가의 존립 자체가 흔들린다고 말할 수 있는가?

정의와 공정을 외치면서도 정의롭지도 공정하지도 않은 사회.

아메리칸 퍼스트를 외치며, 미국 국민 우선으로 잘살게 하겠다며 대통령이 되자마자 자신들 부부 코인을 만들어 자신의 부를 먼저 챙기는 사람과 또 그를 지지하는 사람들.

관세가 최고의 미덕이라며, 전 세계 공급망을 독점하려는 듯 보호무역 정책으로 으름장을 놓으며 세계 경제를 위축시키는가 하면, 남의 나라인 그린랜드와 파나마 운하를 내놓으라고 협박이다.

아메리칸 인디언을 제외하고, 자신들의 선조 또한 미국 땅에 이민 온 집안이면서 근본적으로 이민을 봉쇄하겠다는 자기중심적인 모습에서 약자를 보호하고 남을 배려하려는 인간미를 잃는 듯하여 씁쓸하다.

전쟁 중인 국가들에 지원을 끊겠다며 으름장을 놓으면서, 자기 멋대로 중재안을 제시하고 전쟁을 끝내라고 협박이다.
그러면서 노벨 평화상이라도 손에 쥐어 보려는 듯 Nudge를 주는 것은 또 하나의 자기 영욕이 아닌가.

선거기간 중 거금의 정치자금을 헌납했던 많은 기업인들, 승자 편에 선 이는 마치 권력이라도 잡은 듯 미쳐 날뛰는가 하면, 패자에 줄을 섰던 자들은 취임식 자리에서라도 얼굴도장 찍으려 거금의 참가비를 내고 꼬리 내리며 서 있는 모습에서 이상한 행성 지구상의 이기적인 인간들이 만들어내는 세상사를 보는 듯하다.

전 세계 모든 곳에서 평등, 공정, 정의, 평화, 사랑, 화합을 외치지만, 차별적이며 편파적이고 불의하며 갈등과 증오와 대립으로 온통 싸움질로 난장판인 세상.

이기적인 인간들이 보여주는 이상한 행성, 지구에서의 별난 모습이다.

- 최근 지방법원 난동 사건과 초강대국 미국 대통령 취임식을 보면서, 열의 생각

남의 아픔과 고통을 대상으로 돈 버는 사람들

얼마 전 30대 미혼모가 자식에게 사랑한다는 내용의 글을 남기고 죽음의 길을 선택했다.

30만 원을 급전한 것이 그만 그녀를 죽음의 길로 내몬 것이다.

1200%에 달하는 초고금리에 발목이 잡히고, 입에 담지 못할 막말에 협박으로 스스로를 지켜내지 못한 것이다.

그녀의 글에는 아이를 사랑하는 절절함에 눈시울이 뜨거워진다.

사랑하는 아이를 위해 급전을 했을 것이고, 그로 인해 얼마나 많은 나날들을 고통과 두려움 속에 떨어야 했으며 사랑하는 아이와의 작별을 결심하기까지 얼마나 많은 갈등이 있었을까.

이런 약자의 고통을 이용하여 돈벌이하는 사람들.

비닐하우스에서 추위에 떨며 잠자다 숨을 거둔 세 자녀와 노부모를 둔 어느 노동자의 죽음.

그는 불법 체류자였다. 그의 막노동이 여섯 식구를 책임지고 있었지만, 그의 막노동은 떳떳하지 못해, 주는 대로 시키는 대로 몸을 던져야 하는 신세였다.

얼마나 많은 나날들을 추위에 떨며, 자신을 숨겨가며 신분 노출에 떨며 지내 왔을까.

숙식 조건을 따질 수도 불만을 표출할 수도 없이 자신의 막노동은 그렇게 짓밟혀 왔지만, 자신은 그저 여섯 식구를 생각하며 추위를 이기려 숯불을 피운 채 깜박한 것이 그만 그를 황천길로 들어서게 만들고 말았다.

이런 어려운 사람의 약점을 악용하여 돈 벌려는 사람들.

외출 후 귀가해보니 현관 자동문이 먹통이다. 황당함을 안내하며 3시간을 기다려 어렵게 모신 자동문 기사 아저씨의 초기화 세팅 작업 시간은 고작 5분이지만, 지불해야 하는 서비스 비용은 부르는 게 값이다.

남의 황당함을 빌미로 돈 버는 사람들.

설이나 추석 명절기간 기차표나 유명 연예인의 콘서트 입장권에 대한 암표상 또한 간절함과 안타까움을 안고 있는 사람들을 대상으로 돈 버는 사람들이다.

남의 황당함을 빌미로 돈 버는 사람 중엔 견인차 기사님들도 한몫한다.

경부고속도로 양재동 근처와 같이 차가 항상 막히고 밀리는 곳에는 견인차들이 여럿 줄줄이 대기하고 있다.

접촉사고가 빈번하게 일어나기 때문이다.

바쁜 시간에 고속도로에서 사고가 났으니 얼마나 황당한 일인가?

이들을 대상으로 구세주처럼 나타나 도움을 주는가 싶더니 황당한 금액을 요구한다.

한 건만 해도 며칠 수당을 버니 짭짤한 수입이다.

남의 아픔과 고통을 대상으로 고급스럽게 돈 버는 이들 중엔 의사 아저씨들도 있다.

죽음을 앞둔 사람들에게 이들은 위대하고 고귀한 구세주로 보일 뿐이다.

모든 것을 다 바쳐서라도 살려고, 살려보려고 발버둥 치는 간절함을 갖고 있는 사람들이다.

이런 약자들을 볼모로 자신의 밥그릇 지키겠다고 집단행동을 벌이는 의사 아저씨들을 보면 참으로 개탄스럽다.

가장 큰 약자는 죽음을 앞두고 또는 참기 힘든 아픔과 고통 속에 삶의 간절함을 바라는 환자들이기에 이들을 대상으로 하는 의사 아저씨들이 견인차 기사들 보다, 현관 자동문 기사보다, 막노동을 훔쳐 사려는 사람들보다 고리대금업자들보다도 더 비열하고 사악한 것이다.

환자들을 외면한 채 길거리로 나서는 이들 과는 달리, 진정 돈보다 사람의 목숨을 귀히 여기고 생명을 살리는데 그의 한평생을 바치려는 진정한 의사 선생님들이야말로 그 누구보다도 존경받아야 할 이유인 것이다.

- 어느 날 황당한 일을 겪으며, 나보다 더 황당하고 약한 사람들을 생각하며, 열의 생각

권선징악

우리 고전에 〈흥부와 놀부〉가 있다.

가난하지만 마음씨 착한 흥부는 처마 밑 제비의 다리가 부러지자 정성으로 보살핀다.

강남 갔다 온 제비는 보답으로 호박씨 하나를 주고, 다 자란 호박을 잘라보니 각종 보물이 터져 나와 부자가 되었고, 이를 따라 욕심 많은 놀부는 일부러 제비 다리를 부러뜨리고는 호박씨를 받는데, 다 자란 호박을 켜보니 이번에는 보물대신 도깨비가 나오는 바람에 놀부는 그만 기겁을 한다는 대표적인 권선징악 작품이다.

우리는 초등학교 시절 바른 생활 이라는 도덕책을 통해, 착하고 예의 바르며 정의롭게 살아야 한다고 배워왔다.

그래서 '권선징악'이라는 뜻을 선하게 행하면 복 받고, 악을 행하면 벌을 받는다고 믿어왔다.

점점 나이가 들면서 주변에 선한 사람들보다는 그렇지 않은 사람들을 많이 보아 왔는데, 그들은 벌을 받지도 않을뿐더러 오히려 부를 누리고 사는 이들이 많다.

'권선징악'은 선하게 살면 복을 받고 악하게 살면 징벌을 받는다는 뜻이 아니라, 그렇게 살아야 한다고 권하는 것이라는 사실을 깨달은 것이다.

하지만 현실은 그렇지 않은 듯 선하게 살기보다는 이기적이고 약삭빠르며 지독하게 살아야 부를 누리는 듯하다.

"모든 일에서 선을 추구하는 사람은 실패할 수밖에 없다. 선하지 않은 사람이 너무 많기 때문이다."

군주론을 쓴 니콜로 마키아벨리가 한 말이다

암호화폐 테라 USD와 자매코인인 루나를 개발한 창업자는 수많은 투자자를 외면한 채 코인이 휴지 되기 직전 천문학적 수익금을 챙기고 도망다니다 최근 검거되어 미국 또는 한국 법정으로 송환되기 직전에 있으며, 그래도 상대적으로 법 최고 형량이 약한 한국으로 송환되기 위해 엄청난 금액의 뇌물을 주었다는 보도에 그 돈이 수많은 피해자들의 돈이기에 마음이 아프다.

전세사기 수법으로 수백 채의 집을 보유한 사람들이 전세 사기 금으로 호화생활을 누리며, 꿈 많은 신혼부부, 대학생, 젊은 직장인의 꿈을 송두리째 앗아간 사악한 사람들.
회사 공금이나 은행에 예치한 고객의 돈을 횡령하고 해외로 도피해 남을 힘들게 하는 사람들.

건설 현장에서 철근 사이즈를 한 단계만 낮추어도, 콘크리트 두께를 1~2센티미터만 얇게 시공을 해도 엄청난 양이 소요되는 만큼 많은 비용이 절감된다.

공사비를 실제보다 부풀려 계약을 하고 부풀려진 금액을 다시 되돌려 받는 수법으로 비자금을 조성하게 된다.

유독 연말이 다가오면 시, 도, 구, 군내 불필요한 공사가 여기저기 발생한다.

멀쩡한 인도 벽돌이 파헤쳐지고 새것으로 교체되는가 하면, 선진국에서도 볼 수 없는 불필요한 시설들이 들어선다.

그동안 아껴온 예산을 남기면 내년도 예산을 감액받기에, 잔여 예산을 회기 년도 내에 처리하려다 보니 공공의 불필요한 공사가 연말에 집중하게 된다.

이렇게 불필요한 세금이 낭비되고 이 과정에서 부정이 연루되고 선하지 않은 많은 사람들이 부실공사와 부정한 인물로 엮이게 된다.

주식시장에서도 선하지 않은 많은 사람들이 비대칭 정보를 바탕으로 부를 챙기는가 하면, 주가 조작을 통해 자신의 부를 위해 남들에게 엄청난 피해를 주는 사람들.

권선징악은 누구를 위한 권선징악인가?

큰 바위 얼굴.

큰 성공을 거두고 고향으로 금의환향하는 부자, 장군, 정치가, 시인들이 올 때마다 기대를 걸고 바라보지만 그들의 모습은 실망스럽게도 큰 바위 얼굴이 아니었다.

겸손한 마음으로 진실된 삶을 살아가며 노년에 설교자가 된 어니스트에게서 그의 삶과 말이 일치함을 발견하고 그가 진정 큰 바위 얼굴을 닮았다고 사람들은 믿는다.

　큰 바위 얼굴은 어떻게 살아야 큰 바위 얼굴처럼 될까 생각하면서, 외적 성장 보다는 내면의 중요성을 인식하며, 자긍심을 가지고 진실하고 겸손하게 살아가는 사람들의 마음속에 있는 것이 아닐까.

- 정의롭고 진실되며 성실하게 최선을 다하는 삶이야말로 큰 바위 얼굴의 삶이라고 믿기에, 바보스럽게도 권선징악을 믿으며 살아가는 이유이다. 열의 생각

인간들의 생과 삶

유한하기에 가치 있는 삶

트로이아 전쟁을 승리로 장식한 오디세우스가 집으로 돌아가는 생사를 넘나드는 10년간의 긴 여정 속에서 오디세우스는, 칼립소의 섬에서 풍요로움 속에서 아름다운 요정들과 영원한 불멸의 삶을 함께하자는 칼립소의 유혹을 뿌리치고, 힘들고 고통스러운 유한한 필멸의 삶을 선택한다.

아무리 좋고 귀한 것이라도 끝없이 무한하다면 그것은 의미가 없듯이, 우리의 생은 유한하기에 유의미하며 아름답고 소중하다.

인간의 유한한 삶이 영원에 비하면 찰나에 불과하지만, 순간이기에 아무리 어렵고 힘들고 고통스러워도 삶 그 자체가 가치가 있는 것이요, 축복인 것이다.

삶을 아름답게 꾸미려는 치열한 노력은 그 자체로 고귀하고 값지다.

- 우리의 삶이 힘들고 고통스러워도 인내하며 극복해야 하는 이유이다. 열의 생각

10월 결혼식장의 아버지

10월 중순인데 날씨가 갑자기 추워졌다.

전형적인 스산한 늦가을 오후 날씨다.

한적한 정동 뒤안길에 낙엽이 흐트러지고 한 쌍의 신혼 커플이 사진을 찍느라 정신이 없다.

길게 늘어뜨린 드레스에 반소매인 모습을 보니 춥겠다는 생각이 든다.

혹, 그들이 오늘의 주인공일까?

살짝 의문이 스치며 코로나로 인한 체온 측정과 인증 체크를 끝내고 식장에 들어서니 혼주 내외의 모습이 들어온다.

마스크 위로 깊게 팬 눈가 주름이 지난 2년의 세월도 늙어가면서 무시할 세월은 아닌 듯하다.

첫째 딸아이 결혼식 때 보고 만 2년 만에 보는 얼굴이다.

"오~ 축하합니다."

"아~ 회장님, 감사합니다."

"아드님은?"

"사진 찍는다고 나갔는데 오래 걸리네요. 들어와 인사드리라 해야겠는데."

"아~ 방금 밖에서 사진들 찍는 모습 봤어요. 놔두세요, 아직 시간 있는데요, 뭘."

"아드님은 어디 직장엘 다니시나요?"

"아비가 변변치 못해서요. 그냥 조그마한 중소업체 다녀요."

상계동 자신이 사는 집 근처에 조그마한 아파트 전세를 겨우 얻었고, 자신이 변변치 못하니 아들도 힘들게 집 구하고 힘들게 직장 생활을 한다는 넋두리다.

지금의 현실을 자신의 탓으로 돌리는 아버지의 작아지는 모습에 가슴이 아련하다.

그는 결코 작은 사람이 아니다.

아니, 내가 아는 현직에서의 그는 자존심이 대단히 강했고, 설계를 담당하는 지식인으로서 자신이 설계한 도면에 대해서는 논리가 일목요연하고 누구 앞에서도 자신의 생각과 의견을 굽히거나 타협하려는 사람이 아니었다.

그야말로 기술자로서 나름의 장인 기질을 가진 큰 사람이었다.

그렇게 설계 기술자로 30년 가까이 외길을 걸어온 사람으로 직책으로는 ○○ 설계 팀장과 직위로는 임원급인 상무를 끝으로 회사를 떠났다.

전문 기술자로 50대 중반의 나이에 퇴직을 했으니 업을 이어가야 할 입장이고, 이어갈 수도 있었겠지만 그는 이 회사 저 회사 기웃거리지도, 업을 구하려 손을 내밀지도 않았을 것이다.

그의 자존심을 모두가 안다.

3년 전 퇴임 임원 송년회에 옆자리에 앉을 기회가 있어 근황을 물어보니, 덥수룩하게 자란 턱수염을 손으로 쓰다듬으며 세상사 모든 것 잊고 우리나라 전통 악기에 푹 빠져 산다고 했다.

다음번 송년회 때 기회를 준다면 전통 악기를 한번 다루어 보겠다는 약속도 했다.

코로나로 인해 지난 2년간 그럴 기회를 갖지를 못했지만 말이다.

제일 막내인 현역 ○○ 설계 팀장을 포함해 역대 ○○ 설계 팀장들이 다 모였다.

이렇게 모인 자리에서 "요즘 뭐 하시나요?" 하고 묻는 것은 조금 실례이다 보니, "건강하시죠", "별일 없으시죠" 가벼운 안부를 묻는 것이 다반사다.

하지만 제삼자를 통해 또는 소문이나 눈치로 현재의 근황들을 대강은 알고 있는듯하다.

타 회사에 기술 고문으로 현역 근무하시는 분들은 "아~ 이제 몸도 그렇고 곧 나오려구요." 한다.

"그냥 조그마한 회사다 보니 특별히 하는 것도 없고, 이제 곧 정리해야죠."

괜스레 이 나이에 아직 몸을 담고 있는 것에 미안스러워하는 마음이 느껴진다.

뒤늦게 미루어왔던 신학 공부에 빠진 분들은 "정신없어요. 뒤늦게 젊은 아이들과 공부하려니 따라가기도 벅차고 빡세네요. 숙제에 시험 준비에 정신없이 보냅니다" 한다.

백수들은 백수 나름대로 바쁘단다.

"아침에 일어나 운동 좀 하고 아침 준비해 먹고 나면, 손주들 유치원 준비시키느라 바쁘고, 뒤늦게 당구 배우느라 시간 보내고 오후 내내 손주들과 시간 보내고 나면, 저녁 먹을 시간이고요. 잠깐 TV 보고 나면 하루가 휘~익 지나갑니다."

그렇게 근황을 전하는 모습에 예전에 300여 명 이상의 인력을 리드하던 팀장으로서의 에너지와 열정은 찾아볼 수가 없다.

지나간 옛 모습을 떠올리며, 바라보는 그들의 주름 가득한 얼굴에서 스산한 가을 향기를 느끼는 것은 오늘의 날씨 탓일까?

신랑이 돌아왔다.

신바람 나게 인사하고 이리저리 떠밀리며, 연신 허리 굽히며 웃음 짓는 모습에 활기가 돈다.

좋을 때다.

이를 바라보는 아버지의 입가에도 미소가 스며든다.

깊게 패인 눈가 주름의 미소다.

한 가정을 이루며 30년 넘게 치열하게 살아가야 할 아들과 지난 30여 년을 자존심 하나로 버티며 살아온 아버지가 함께 식장 안으로 사라졌다.

역전의 팀장님 들도 뒤늦은 점심을 위해 식당 안으로 사라졌다.

홀은 그렇게 정리되어 가고 있었고 밖은 스산한 늦가을 바람에 아직 낙엽이 간간이 구르고 있다.

세월은 그렇게 아무 일도 없었던 것처럼 흘러왔고 또 흘러간다.

그렇게 달력에 메모되었던 이벤트 하나가 지워지며 오늘도 간다.

어제가 지나갔던 것처럼.

세월의 무상함을 느끼며 가슴이 횅한 것은 10월의 스산한 가을바람 때문일까.

가는 길은 나이순이 아니야

"김 총장께서 사흘 전에 돌아가셨다고 하네요. 저도 상가를 다녀온 지인으로부터 듣고 깜짝 놀라, 인터넷에 확인해 보니 엊그제 발인이 끝났더라구요. 유족들이 우리 모임에는 알리지 않아, 모르고 지나갔나 봅니다."

밤사이 카톡 방에 여러 댓글이 달리면서 첫 카톡을 올린 이의 글이다.

그분을 만난 것은 2009년 약 6개월간의 미국 유명 대학의 AMP(Advanced Management Program) 과정에서다.

일부 중소기업의 오너들도 있지만, 대다수 대기업 임원 중 회사에서 향후 리더로서의 자질교육 차원에서 회사의 지원 아래 합류하는 경우다.

고인은 미국에서 박사학위를 받으시고 대학교수로서 정년을 얼마 남기지 않은 시점에 교육에 대한 열정이 있어 함께한 케이스다.

나름의 풍채가 있고 카톡 방에 누군가 퀴즈를 내면 항상 첫 답안을 낼 정도로 스마트하며, 원어 교수의 말을 통역 없이 듣고는 나름의 강평까지 하시곤 했다.

교육학 전공이라 교육에 관한 책도 많이 내셨고, 교육에 관한 한 열정이 남달랐다.

정년 퇴임 후 명예교수로 재직하며 얼마 지나지 않아 모 기능 대학 총장으로 임명되었다는 축하 메시지가 카톡 방을 달구더니 기능 대학의 홍보를 위한 메시지 몇 개 올라왔던 것을 기억한다.

다시 2년 뒤 총장직을 사임하고, ○○ 대학 총장으로 선임되었다는 메시지와 함께 축하한다는 글이 올라와 그의 근황을 알게 되었다.

친목 단체 모임이다 보니 일 년에 두어 번 저녁 모임을 갖고, 1~2차례 골프 모임을 갖는 정도이니 자주 만날 길이 없어 근황을 알 길이 없다.

더욱이 나는 저녁 모임에는 거의 나가질 않았고, 골프 모임에만 참석하는 입장이고 그분은 골프를 하지 않는 분이다 보니 만나 볼 기회가 적었던 듯하다.

70대 초반으로 ○○ 대학 총장에 부임한 지 얼마 되지 않았을 텐데, 생을 마감하셨다고 하니 황당하기 그지없다.

그날은 골프장에 나오셨다.

앗, 골프를 안 치는 것으로 아는데,

오랜만의 모습에 반갑기도 했지만, 오랜만이라 그런지 많이 늙어 보인다.

환복을 하고 필드에서 보니 옷차림이 영 아니다.

골프복이 아니라, 티셔츠에 넥타이를 풀고 양복바지에 운동화만 갈아 신은 격이다.

같은 조가 아니라 앞 조에서 플레이하는 모습을 보니 완전 초짜로 공을 맞히기가 어렵다.

헛스윙에 공을 제대로 맞추질 못하고 이리저리 뻑사리를 내는 모습이 많이 목격되는 날이다.

골프장엔 왜 나오셨을까.

고개를 갸우뚱하며 저녁 식사 장소인 닭갈비 집에 가보니, 벌써 자리 잡고 앉아 있다.

착석을 하고 맥주가 한 순배 도는가 싶더니, 지난번 총장 취임식 때 쓰고 남은 선물이라며 수건 한 박스를 건넨다.

예전에 그리도 많던 말이 그날은 말수가 적다.

술도 잘 마시지 못하고, 맥주 한잔을 놓고 헤어질 때까지 다 비우질 못했다.

굵게 패인 주름에, 더욱 많아진 흰 머리칼, 말없이 젓가락질을 하던 모습이 그동안 살아온 인생을 말하는 듯했다.

내 눈에 비친 그의 마지막 모습이다.

골프를 치지 못하는 당신께서 함께할 자리는 아니었지만, 그렇게라도 마지막 인사를 하고 싶었던 모양이다.

그렇게 그분은 이른 나이에 우리 곁을 떠나갔다.

70대 초반 현역의 몸으로 우리 곁을 떠나는 그를 보며, 교육으로 일생을 바친 그의 값지고 가치 있는 삶도 이렇게 허무하게 떠나감에 인생의 무상함을 느낀다.

Crab Mentality

양동이 속 여러 마리의 게들은 서로 끌어 내리느라 결코 빠져나올 수 없다.

우리나라 속담 "사촌이 땅을 사면 배가 아프다"와 유사한 말로 남이 잘되는 것을 시기하고 질투하는 인간적 심리가 담겨 있는 말이다.

승진 시기가 되면 각종 유언비어가 돈다.

동료의 승진을 방해하기 위해서다.

카톡 방에서도 누군가 기쁜 소식을 전하기 위해 사진이나 이벤트를 알리면, 축하 메시지는커녕 이내 다른 화젯거리의 내용을 올리는 사람들이 있다.

시기하는 마음에 그 기쁜 소식이나 이벤트를 희석시키는 행위다.

이는 타인의 성공이나 행운으로 인한 상대적 소외감이나 박탈감을 느끼는 사람들의 행동으로, 개인이나 집단의 성장기회나 발전을 저해하는 행위이다.

우리 주변에 유난히도 많다.

감사팀에는 엄청난 양의 투서가 들어온다고 한다.

대다수는 Crab Mentality에서 야기된 시기 성 투서인 "~그렇다고 하더라", "~그런 것 같다" 등의 내용이고 보니, 사실 여부를 확인한 후에 감사를 시작한다고 한다.

퇴임 후 우연히 보게 된 감사팀 서류상에 "사우디 하청업체 사장에게 굽실대는 모습을 보니 아마도 청탁성 돈을 받은 것 같다"라는 내용을 보고 놀란 적이 있다.

아마도 필자가 사우디 내의 다수의 프로젝트의 성공적 공사 수행을 위해 현지 자원(Local Resource)의 선점을 위한 행위로 현지 하청업체와의 장기 파트너십을 맺고자 호의적으로 대하는 필자의 모습을 보고 아래 직원이 투서한 듯해 보였다.

사우디 내의 프로젝트가 동시다발적으로 터져 나오고, 현지 자원은 한정적이다 보니 노동 인력을 인도, 필리핀, 중국 등에서 공급해온 터에, 하청 협력사의 중국인 노동자들이 열악한 숙식 조건을 불평하며 현장 출근을 거부, 파업하는 사태가 벌어졌다.

시각을 다투는 현장에서 작업이 중단되었으니, 비상사태가 발생한 것이다.

주 계약 원청사 대표로서 이들과 며칠째 협상하는 과정에서 개선된 숙식 조건을 제시하고, 이를 원청사가 보증한다는 각서를 보여주며 파업을 해결한 경우가 있었다.

"사우디 내에 당사 프로젝트 현장에서 중국인들 폭동이 일어나 공사가 중지되고, 심각한 상황에 사업주는 불만이 팽배한 상태로, 당사 리더십은 사라지고 수장을 교체해야 할 것 같다"는 투서 내용과 함께 사장님으로부터 메시지를 받은 적 있다.

놀라운 일이다.

누군가가 사장님 출근 전 사장실 문틈으로 투서 내용이 담긴 편지를 밀어넣고 갔다는 것인데, 나를 시기하고 질투하는 몇몇 직원들을 짐작할 수 있었다.

조그마한 일개 회사 조직에서도 이렇게 시기하고 질투하는 인간들이 많을 진데, 하물며 엄청난 권력을 쥐락펴락하는 국가기관을 감사하는 감사원에는 얼마나 많은 양의 투서가 접수될까?

조선사에서 이순신 장군과 원균의 갈등에서도 원균의 Crab Mentality를 엿볼 수 있다.

무장으로서의 경력도 길고, 나이도 5살이나 많은 원균이 이순신 장군보다 낮은 직급을 받고, 결국 이순신 장군이 삼도수군통제사로 임명되어 원균의 상관으로 부임하자 갈등은 더욱 심화되었다.

원균의 시기와 질투로 인한, 거짓 공문을 보내 전과를 독차지하고 군사적 실책이나 부정을 저지르는 등 부적절한 행동으로 인해 갈등이 더욱 심화된 역사적 사실을 우리는 잘 알면서도 사촌이 땅을 사면 배가 아프다.

그 땅은 누군가는 사게 될 것이고, 자신이 모르는 남이 사는 것보다는 사촌이 사는 것이 내게는 더욱 이로운 일일 텐데 배가 아픈 것은 왜일까?

아마도 자신과 비교하는 습성 때문에 상대적 박탈감을 느껴 배가 아픈 것이다.'

나의 가족이, 나의 회사가, 나의 조직이, 나의 조국이 나아가 세계 모든 이들이 잘되어야 나 자신도 잘될 것이라는 상식적 믿음을 우리는 가져야 한다.

남을 올려주고 또 받쳐주고 밀어주지 않는 한 우리는 영원히 양동이 밖으로 (좀 더 넓고 밝은 세상으로) 빠져나올 수 없는 게(Crab)임을 알아야 한다.

- 청문회에서 자신만 살겠다고 핑계 대고, 잘못을 남에게 전가하는 게 같은 인간들을 보며, 열의 생각

과욕이 부른 비극

사람은 누구에게나 욕심이 있다.

사실 욕심이란 것이 나쁘게 해석될 수 있으나, 욕심이 없으면 발전이 없다.

적절한 욕심이 있어야 성장의 동기가 되고, 보다 나은 미래가 보장되기 때문이다.

하지만 지나친 욕심은 종종 우리 삶에 예기치 못한 비극을 초래하기도 한다.

욕심이 지나치면 판단력이 흐려지고, 위험을 간과하게 되어 결국 큰 대가를 치르게 된다.

개인적으로 일에 대한 과도한 욕심은 과로와 심한 스트레스 등 심각한 건강 문제를 초래할 수 있고, 성공에 대한 지나친 욕심은 주변 사람과의 관계를 소원하게 만들어 고립될 수 있으며, 투자나 사업에서 과도한 욕심은 무모한 결정으로 큰 재정적 손실을 가져올 수 있다.

사회적으로도 권력이나 재물에 대한 과도한 욕심은 부패와 비리를 초래하여 사회 전체의 신뢰를 무너뜨리고, 경제 성장에 대한 과욕은 환경을 파괴하고 생태계 균형을 깨뜨리기도 한다.

부에 대한 과도한 욕심으로 사회 불평등을 일으켜 사회 갈등을 초래하기도 한다.

네덜란드의 튤립에 대한 과도한 투기 열풍이나, 나폴레옹의 무리한 러시아 원정으로 인한 몰락, 1929년 과도한 주식 투기 열풍이 대공황을 초래했고, 트로이 전쟁의 아킬레우스는 과도한 분노와 명예에 대한 욕심으로 인간다운 모습을 완전히 상실해 버렸다.

우리 주변에서도 어렵지 않게 비극의 사례를 찾아볼 수 있다.

그는 한때 영종도에 땅을 소유한 것에 대한 상당한 자부심을 가지고 살았다.
진급이 안 되어도, 월급이 오르지 않아도 그리 걱정하지 않을 정도로, 그 땅은 그에게 항상 듬직한 버팀목이 되어 준 셈이다.

80년대 중반 출장비와 적금으로 모아 두었던 돈을 난생처음으로 부동산에 투자한 셈인데, 영종도가 경기도에서 인천시로 편입 가능성이 있다는 부동산 업자 말에 여윳돈을 톡톡 털어 과수원 부지 1,000여 평을 사들였다.
몇 년이 지나지 않아 인천시로 편입이 되고, 공항이 들어선다는 소문과 함께 땅값이 10배 이상 천정부지로 치솟기 시작했다.

집으로 땅을 팔라는 부동산 업자의 회유 전화가 오면 올수록 더 큰 욕심에 마음은 굳게 닫히고, 그 땅은 그의 마음에 욕심만 키우고 있었다.

그렇게 20년 가까운 세월을 든든한 버팀목이 되어 주었던 땅은 그만 공항 부지로 확정되면서 정부에 수용되게 되었다.

시끌시끌한 데모가 연일 이어지는가 싶더니, 결국 현지에 주소지를 둔 실제 농민을 제외한 비거주자에게 배상된 금액은 고작 은행금리를 적용한 헐값에 불과했다.
지난 20년간 그의 듬직한 버팀목이 되어 주었던 땅은 결국 물거품에 지나지 않았던 셈이 되어 버리고 말았다.

지나친 과욕은 개인과 사회에 큰 비극을 초래할 수 있기에 항상 욕심을 적절히 제어하고, 장기적이고 지속 가능한 성장을 추구해야 한다.

욕심이 없다면 성장은 그곳에서 멈춰 서지만, 지나친 과욕은 자신의 파멸을 초래할 수 있기에 절제된 욕망이야말로 진정한 성공과 행복으로 가는 길일 것이다.

- 지난 세월을 Recycle하여 다시 한번 살 수 있다면 하는 아쉬움과 함께, 주변 인물의 과욕이 부른 결과를 곱씹어보며, 열의 생각

옆집 여자

<hr>

수사자 한 마리가 살점이 떨어져 나간 다리를 절룩거리며 힘들어하는 기색을 보이자, 어디서 냄새를 맡았는지 하이에나 떼가 순식간에 몰려들어 사자를 에워싼다.

옆집에 주택매매, 임대 문의 플래카드가 갑자기 철거되고 잠잠하더니, 울긋불긋 흉흉한 플래카드가 내걸렸다.

"공사대금 부지급에 따른 유치권 행사 중입니다."
"본건물의 유치권 양도, 양수 계약에 대한 사기 피해자들의 모임입니다."

유치권을 행사하며 건물을 싼값에 경매 매수하려는 자들이 자신뿐인 줄 알았다가 하이에나 떼처럼 많아져 서로가 사기를 당했다며 모여든 것이다.
건물 앞뒤로는 차량 대여섯 대와 컨테이너 2개로 입구가 봉쇄된 상태로 깍두기로 보이는 건장한 청년 대여섯 명이 서성이는가 싶더니 며칠 전부터는 경찰차가 건물 앞 대로변에 종일 대기 중이다.

"왜 경찰차가 여기 종일 주정차하고 있는 거죠?"

"아~ 여기 유치권 행사 중인데, 싸움이 계속 일어나 부상자가 생기고 신고가 들어온 상태라서요."

젊은 경찰의 말이다.

"남의 점포 앞에 장시간 주차하면 안 돼요."
"아~ 죄송합니다."

멀리서 전화기를 접으며 걸어오는 50대로 보이는 바바리 차림의 남성이 덩치가 있는 젊은 친구와 함께 걸어오며 씨~익 웃음을 던지며 하는 말이다.

"제가 여기 카페 커피를 하루에 20여 잔씩 팔아주고 있어요. 주차 양해도 좀 구해 놨고요."
"아~ 그렇다면 저 옆 주차장에 주차하시면 되는데, 왜 남의 점포 앞에 주차하나요?"
"예, 이곳 다른 세입자 손님들 주차에 방해될까, 일부러 그런 거예요. 며칠이면 됩니다."

자신이 13억을 주고 유치권을 샀고 이를 빌미로 경매 응찰하여 건물을 인수한 다음 직원들 숙소 겸 사무실로 사용할 예정이었는데, 사고 보니 다른 유치권을 사들인 자들이 자기 외에도 많이 있어 자신도 사기 피해자 중 한사람이라며 넋두리하던 친구다.

"안녕하세요, 옆집 사람인데요. 앞으로 잘 부탁드립니다."

"그 집 지하 PC방 손님들이 담배 피우고, 자전거 방치해 놓아 주변이 아주 더러우니 좀 주의 좀 주세요.

그리고 건물 옆쪽으로 사람들이 자주 다니면서 우리 쪽 바닥 콘크리트가 깨졌는데 보수해줘야 합니다."

건물 리모델링 공사를 며칠 앞두고 인사차 전화를 넣었더니 돌아온 쌀쌀맞은 답이었다.

옆집 건물은 대지 180여 평에 왕복 6차선 대로와 왕복 2차선 후면도로를 접하고 있고, 대로와 후면도로를 접하고 4층짜리 건물 2채가 1층은 각 편의점과 카펫 대리점을 나머지 층은 전체 수십 개의 원룸을 임대하고 있는 상황으로 중앙에는 주차가 가능한 비효율적 구조로, 아마도 양쪽 도로를 최대한 살리고자 2개 건물로 나누어 건축한 듯했다.

옆집 여자에 대한 소문은 시아버님이 형제에게 건물 한 채씩을 각각 상속을 해주었고, 동생이었던 남편이 일찍 죽고 혼자 아들 둘을 키우며 남겨놓은 수십억 재산으로 나름 목을 빳빳이 세우며 여유 있게 살아온 듯했다.

주변 공인중개사들은 짭짤한 원룸 임대 수수료와 관리 수수료로 인해 연신 고개를 숙이고 대할 수밖에 없는 처지다 보니, 옆집 여자의 콧대는 더욱 높아만 가고 거드름이 물씬 풍기는 여자다.

리모델링 공사가 시작되자 비계 파이프가 자기 땅을 침범했다고 치워

달라, 전깃줄이 넘어왔다고 빼 달라, 지하 흡기 배기파이프의 바람이 싫으니 방향을 틀어 달라, 옆 바닥 콘크리트 공사를 해달라는 등의 무리한 요구가 이어지고 급기야 자기를 보고도 인사를 안 했다는 불만까지 이웃을 배려하는 마음은 조금도 없이 안하무인 격이다. 옆집 여자는 그런 여자였다

  가급적 상대를 하지 않는 것이 상책이라는 생각에 무시한 채 몇 년이 지나고 간간이 남자가 생겼다는 둥, 돈을 많이 사기를 당해 건물을 팔아야 할 처지라는 둥 등의 소문이 돌고는 옆집에서 쿵쾅쿵쾅 철거하는 소리가 들리기 시작했다.

  담벼락에 금이 가고, 옆집과 연결된 하수관이 터져 지하층으로 하수가 넘쳐흐르고 이를 임시 펌프로 퍼내다가 펌프 고장으로 또 하수가 지하층으로 넘쳐 들어오기를 다섯 차례, 하수 맨홀 내부 붕괴 조짐으로 인한 임시 붕괴 방지 조치 탓에 불안했던 순간, 그리고 공사 업체와 구청 담당자와의 해결책에 대한 상반된 의견으로 공사기간 내내 갈등이 점철된 머리 아픈 시간들이었다.

  옆집 여자는 모든 권한을 신탁회사에 일임한 채 현장에는 나타나지도 않았고, 그 시아주버니라는 사람만 간혹 나와 감독을 할 뿐이었다.

  "그 여자는 좀 고집 세고 독특한 사람이니 이해하시고, 문제가 생긴 부분은 저희 책임이 있으니 적절한 시기에 배상을 해주겠습니다."

시아주버니 되는, 즉 죽은 남편의 형 되는 분의 말이다.

180평이나 되는 땅은 120억에 매수자가 나타났으나, 은행 대출금과 양도세를 제하고 나면 손에 쥐는 돈은 고작 30~40여억 원대.

지하층 일부와 1, 2층은 상가로 소유하시고, 나머지 4개 층에 30평형대 12개 아파트를 분양하면 건축비를 빼고도 양도세 없이 3~40억을 손에 쥘 수 있으니 신축하자는 부동산 개발 업체의 말에 신탁회사에 모든 권한을 맡기기로 했다는 건설 업체 이사의 말이다.

2021~2022년 초까지만 해도 서울 역세권 아파트는 가격이 거품을 타고 천정부지로 오르고, 또한 없어서 못 팔 때였으니 이해가 가는 말이다.

시기를 놓쳤다.

대형 건설사의 광주 철거 붕괴사고로 여러 사람이 죽는 대형 사고가 터지면서 철거 공사가 안전검사를 빌미로 몇 개월 연장되는가 싶더니, 주변 민원으로 또다시 몇 개월 지연되고, 콘크리트 업체 파동으로 공사가 지연되는가 싶더니 자재값이 천정부지로 오르면서 공사 기간마저 1년 넘게 지연되고 말았다.

정권이 바뀌고 신규 부동산 정책에 따라 대출이 어려워지고 코로나를 겪자 대출이자가 두 배 이상 뛰면서 부동산 경기가 얼어붙기 시작했다.

2022년 추석 전에는 분양한다던 신축 공사가 해를 넘겨 23년 중순에 분양 플래카드를 걸더니 분양이 이루어지지 않고 있었다. 대출이자가 5%대를 넘기고 있었으니 자금이 이렇게 묶이면 견디지 못하고 경매시장으로 넘어갈 텐데 하는 걱정스러움과 함께 이내 플래카드가 사라지고 울긋불긋 유치권 행사 플래카드로 바뀌고 만 것이다.

그렇게 기세등등하던 옆집 여자는 사기죄로 피소되어 도망다니는 중이고 찾을 수가 없다고 한다.

상처를 입거나 다쳐 약자로 비치는 동물에게 냄새를 맡고 몰려드는 하이에나 떼처럼, 유치권을 사들여 싼값에 건물을 매입하려는 자들과 하청업체에 공사대금을 지불하지 못하고 사라진 주 공사 업체, 그리고 양도세를 면하고 좀 더 많은 수익을 내려다 거덜 난 옆집 여자, 이기적 유전자를 가진 인간들의 과욕이 부른 씁쓸한 모습이다.

그렇게 거드름을 피우며 이웃 사람들에 대한 배려는커녕 몰상식한 행동을 일삼더니, 건물을 통째로 빼앗기고 사기죄로 도망 다니는 신세로 전락했다.
얼마나 후회스럽고 가슴 아플까.
한편으로 안쓰러운 마음이다.

옆집 여자의 비극.

직장 상사

부모님과 직장의 상사는 내가 선택할 수 없는 존재다.

차이점은 부모님은 선택뿐 아니라, 영원히 그 관계를 끊을 수가 없지만, 직장의 상사는 선택할 수는 없지만, 직장을 포기함으로써 그 관계를 끊을 수가 있다.

상사로부터의 스트레스가 퇴직 사유의 상당 부분을 차지하는 이유이다.

운 좋게 능력 있는 직장 상사를 만나 인정을 받으며 승승장구하는 경우도 있지만, 대다수의 경우는 그렇지 못하다.

급변하는 시장의 환경 속에서 이에 대응하려는 내부의 조직개편을 통해 다양한 상사를 접하게 되고, 자신의 능력과 의지와 무관하게 불운한 직장의 길을 걷게 되기도 한다.

그들은 성공을 위해 고생은 함께 할 수 있어도, 성취 후 기쁨은 함께 할 수 없는 장경오훼형 리더들이다.

회사의 대표가 되고자 하는 직장 목표가 뚜렷하고, 두뇌와 실력도 겸비한데다 대인관계가 폭넓게 왕성하여 상사는 물론 대 사업주로부터도 많은 사랑을 받아, 진급이 남보다 빠르고 직장 내 상하 동료로부터 촉망받는 인물들이 지위가 높아지면서부터는 맡은 사업이 커지게 되고,

"가지 많은 나무 바람에 잘 날 없다"는 말처럼 각종 사건 사고에 때때로 불같이 화내는 조울증 환자 같은 증세를 보이기도 한다.

자신의 최종 목표 달성을 위해 수하에 능력 있는 부하 직원들을 끌어들이기 위해 노력하는 한편, 대형 사업의 수주가 목전에 다가오자 그렇게 칭찬하며 다정하게 대하던 부하 직원에게 최종 수주가 실패하는 상황으로 급변하자 돌변하며 갖은 폭언으로 결국 부하 직원을 집으로 돌려보내는 결과를 초래하고 만다.

서로 호형호제하며 최측근으로, 많은 시간 얼굴을 맞대며 마주하던 직원에게 좋지 않은 사업 결과에 얼굴을 붉혀가며 격한 말투로 가슴에 상처를 주는가 싶더니, 연말에 퇴임 임원 명단에 올려 집으로 보내며 주변을 놀라게 하기도 한다.

회사의 최고 자리에 오르면서부터는 납득할 수 없는 인사를 하는가 하면, 회사의 외형을 키우기 위해 무리수를 두기도 한다.
영업에서 제시한 수주 목표 가격을 맞추기 위해, 견적을 담당하는 직원에게 목표 가격을 맞추라고 윽박지르고, 사업수행 담당 직원에게는 무리한 이익 목표치를 주문하고 으름장을 놓는다.

덕분에 해외시장에서 괄목할 만한 수주 실적을 올리며, 외형적으로 명실상부 세계적 기업으로 올라서지만 불과 몇 년을 가지 못하고 만다.
대다수의 중동 대형 프로젝트가 공기지연에 적자를 기록하면서, 부실수주가 드러나 거대 조직이 붕괴되자 그들은 불명예를 안고 회사를 떠나고 말았다.

2000년대 중반 IMF의 먹구름이 가시고, 제2의 중동 붐이 일면서 회사의 외형을 키우기 위해 발버둥 치던 대다수 플랜트 건설업계 대표들을 말한다.

안타까운 일이다.
잠깐의 영광을 위해 지나친 과욕이 부른 영욕의 세월, 수십 년을 쌓아온 자신들의 많은 것을 잃고 말았다.

성격이 인생을 만든다

성격은 사전적 용어로 개인이 가지고 있는 고유의 성질이나 품성을 말하는데, 생애를 통틀어 일정하면서도 변동이 가능하고, 어느 정도는 유전의 영향을 받고 어느 정도는 학습되는 독특한 특성으로 외부 환경과 세계가 변해도 개인의 내면에서는 크게 변하지 않는 부분들이 존재하는데 그것이 성격이다.

성격은 유전적 근원과 후천적 근원이 있는데, 소극적, 내성적, 외향적, 모험심, 사교성 같은 경우는 유전자의 영향이 크다고 한다.

그렇다고 유전자가 모든 성격을 좌지우지하는 것은 아니고 50~70%를 좌우하고 주변 환경과 교육에도 큰 영향을 받는다고 한다.

특히 만 3세 이전의 환경과 교육이 중요하다고 하는 것은 일란성 쌍둥이지만 성장하며 각자 다른 성격에서 큰 차이를 보인 경우에서 알 수 있다.

성격을 이루는 요소 중에는 감정과 이성이 있는데, 감정은 주로 감각적이고 감정의 영향을 받아 생기는 반응으로 행복, 슬픔, 분노, 두려움과 같이 신체적 반응과 감정적 경험을 일으키고, 이성은 주로 이성적 사고와 판단, 분석, 추론과 관련된 개념으로 감정과 달리 객관적이고 분석적 접근을 취한다.

따라서 이성적 판단은 학습, 경험, 지식 등을 바탕으로 이루어지며 주관적인 감정적 영향을 최대한 배제하려고 한다.

성격은 개인의 내면에 크게 변하지 않는 부분으로 유전적으로 받아들여지는 부분은 어쩔 수 없지만, 스스로 노력해서 얻을 수 있는 습관이나 이성적 판단이 당신의 인생을 바꿀 수 있기 때문에 잘못된 성격이라면 고쳐가기 위한 부단한 노력이 필요한 이유이다.

"나는 신들의 존재를 믿지 않습니다.
운명을 정하는 건 자신이지 신이 아니에요.
신이란 자신들이 답하기 두려운 것에 대한 답을 얻기 위해 인간들이 만들어 낸 거예요."

넷플릭스 드라마 바이킹에서 주인공 라그너가 죽음이 기다리는 사형장으로 끌려가면서 한 말이다.
자신의 성격이 자신의 운명을 만들어냈다며, 결국 평생 자신을 지켜줄 것이라고 굳게 믿어왔던 자신의 신을 죽음에 다가가면서 부정하는 대목이다.
이렇듯 성격은 개인의 내면에 크게 변하지 않는 부분이기에, 성격이 우리의 인생을 만들어 가듯 우리는 운명이라는 것을 믿게 되는지도 모른다.

"운명은 알 수 없어.
하지만 우리가 할 수 있는 일은 바로 그 운명이 모습을 드러낼 때까지 최선을 다하는 일뿐이지."

라스트 사무라이에서 나오는 대사이다.

운명은 주어진 상황을 내가 선택 할 수도 있고, 최선을 다했지만, 주
어지는 결과는 어찌 보면 내가 선택할 수 없는 것이기도 하다.

인간은 태어나면서부터 유전적 요소를 안고 태어나, 주어진 환경 속
에서 학습과 경험, 그리고 이를 통한 지식을 바탕으로 수많은 선택을
행하면서 자신만의 인생을 만들어 간다.

결국 생을 마감하면서 그의 운명이 결정되듯이 자신의 성격이 자신
의 인생을 만들게 되는 것이다.

- 생을 마감한 주변 인물들의 Life Story와 그들의 성격을 뒤돌아보며, 열의 생각

선배의 부고장

왜 이리도 서둘러 가셨소.

그리도 이승이 마음에 안 들었나요.

이곳저곳 마음 두지 못하고 떠돌더니, 결국 오래 머물지도 못하고 마음에 안 든다고 그리도 빨리 가셨소?

날씨가 아주 춥다.

정장 차림의 영정 사진 속 그는 빙그레 웃고 있다.

무엇이 그리 급해 이리도 빨리 가셨나,

그는 S대 출신으로 기억력이 엄청 좋다.

몇 년 전에 입찰에 참여했던 숫자까지도 기억해 내니 놀랄 때가 많다.

대입 예비고사 때에는 시험 종료 땡 소리와 함께 마지막 문제답안을 마크하려다 보니 OCR 카드 빈칸이 없었다고 한다.

한 칸씩 밀려 적었으니, 한 과목은 망친 셈. 그러고도 S대에 합격을 했으니 대단한 실력임에는 틀림이 없다.

고집이 황소고집이다.

자기 주관이 뚜렷하고, 누구와도 타협 없이, 자기 생각대로 자신의 인생을 만들어 가는 고집쟁이다.

그 누구도 말릴 수가 없다.

사람마다 가치 기준이 다르다 보니, 나와 다름을 인정해야 하지만, 일반적으로 상식적이지 않은 면이 있는 것이다.

말레이시아 복합 단지에 건설 중인 모 현장에 문제가 발생하여, 현장을 방문했는데 문제가 해결되지 않은 채 본부장님과 통화 중이셨다.

"아버님 제사라 내일 귀국하겠습니다."
"아니 현장의 문제가 해결도 되지 않았는데 귀국하지 말고 며칠 더 있다가 귀국하도록 하라."

본부장의 지시에도 아랑곳하지 않고 귀국해 버렸다.
일반적 상식으로는 제사보다도 현장이 중요하고, 본부장의 지시가 있으면 따라야 한다고 생각할 텐데, 본인의 가치 기준은 달랐고 자신의 생각을 굽히지 않았다.

하지만, 인간적인 면에서는 늘 이해심이 많고 포용력이 크셨다.
아내가 좋아한다고 한국 배를 출장오면서 말레이시아까지 직접 사 들고 오시던 따뜻한 분이다.

일에 대한 열정 또한 대단하다.
입찰 때마다 며칠씩 날밤을 새워가며 일하는 모습에 놀라곤 한다.
입술이 부르트고 피곤이 역력해 보여, 마무리는 저희가 잘할 테니 들

어가서 쉬시라고 해도 직접 자기 손으로 끝까지 마무리를 해야 직성이
풀리는듯했다.

그 황소고집을 꺾을 수는 없다.

K.L 지점장 발령을 받아 가족과 함께 주재원 생활을 하느라 잊고 있
었는데, 어느 날 회사를 떠났다는 말이 들리는가 싶더니, 전화 한 통화
가 걸려온다.

자식 등록금 준비를 못 해 안타까운데 돈 조금만 꾸어 달라는 말이다.

기꺼이 송금해 드렸고, 받을 생각은 애초 하지도 않았다.

그 뒤로 연락이 끊기더니, 발전사업 관련 이곳저곳 발길을 옮겼다는
소식을 접하기는 했지만 영 소식이 없었다.

오랜 해외생활을 마치고 귀국하여, 이리저리 수소문하여 저녁 자리를
마련해 보니, 몸이 많이도 여위었지만 여전히 강한 모습이셨다.

담배는 여전히 끊지 못한 채로, 손자 보는 재미로 산단다.

어찌 보면 영재인데, 일에 대한 열정과 그의 타고난 능력이 그렇게 사
장되고 있는 현실이 아쉽고 안타깝다.

그의 성격이 그의 인생을 그렇게 만들고 말았다.

어찌 지내시나, 식사 한번 해야 할 텐데, 하던 차에 그만 아들로부터
부고장을 받고 말았으니, 그분도 그렇게 가고 말았다.

날도 추운 한겨울에…….

인간적인 면이 많이도 후덕하고, 영재와 같은 머리를 지녔으며, 일에

대한 열정은 그 누구에게도 지기 싫어했던 인재가 자신의 고집에 이 세
상이 마음에 안 들었던지 그리도 빨리 가셨다.

추운 겨울날 안타까운 마음에.

언제 떠나셨나요

35년 전 경력 입사 시에 모셨던 사업팀장님, 프로젝트를 함께 수행했던 프로젝트 매니저 격인 우리 과의 대표인 차장님, 그리고 선임이었던 분과 함께 식사 초대를 위해 카톡 방을 개설하여 가능 일정을 요청하는 메시지를 올렸다.

차장님이셨던 분이 며칠째 응답이 없다.

"그분 몇 년 전에 돌아가신 걸로 아는데."
"예? 몇 년 전 아들 결혼식에 참석해서 뵈었는데요."
"그 후 바로 돌아가신 걸로 알아요."

아들 결혼식에 와달라고 통화까지 했고, 좀 늦게 도착한 식장에서 멀리서나마 얼굴을 뵙고 그 후 어눌한 목소리였지만 인사차 통화를 했었는데 그만 떠나셨다는 소식이다.

채 일흔이 안 되셨을 텐데 그새 가셨다니 믿어지지 않는다.

예전 뇌졸중의 후유증으로 몸이 수척해진 모습이었지만, 식장에서 뵌 모습은 나름 건강한 얼굴이었다.

그는 H대 화공과를 나와 카이스트 석사 과정을 마친 수재였던 분이다.

화공 기술사로 나름 공학적 지식이 많고, 프로젝트 수행을 통해 얻은 경험 또한 풍부한 베테랑 사업 관리자였다.

지적 수준이 높은 만큼 자존심이 강하고, 고집이 타의 추종을 불허한다.

자신이 결정한 사안에 대해서는 그 누구와도 타협이 있을 수 없다.

그가 진급이나 조직개편 시점도 아닌 시기에 갑자기 회사를 떠났다.

떠난 게 아니라 일방적으로 인사팀에 사직서를 제출하고 회사를 나오지 않는 것이다.

사업팀장이 해외사업팀으로 긴급 이동하면서 국내사업팀장 자리가 공석이 되어 당연 팀장으로 명 받을 것이라 생각했지만, 추가 발령은 없었고 잠시 대행을 하라는 인사팀 공문이 그의 강한 자존심을 그만 건드리고 만 것이다.

인사팀으로부터 그를 설득해 데려오라는 지시를 여러 번 받아 집을 찾았지만, 모두 허사였다.

하급자가 상급자를 설득한다는 것이 한계가 있지만, 그는 한번 꺾인 자존심, 사표를 던져버린 그의 결정에 추호도 번복할 의사가 없었던 것 같다.

그렇게 그는 회사를 떠났고, 모 중소기업에 경력 입사하였다는 소식을 접했다.

그 뒤 2~3년 잠잠한가 싶더니, 그곳에서도 퇴사하여 외국 회사 제품 에이전트를 한다고 한번 보자는 그의 요청에, 변두리 사무실을 방문한 적이 있다.

기가 많이 꺾인 그의 모습을 보며 안타까운 마음이었지만, 외국 모회사 제품을 설명하는 내용을 보니 그의 전공도 아니고 일반 플랜트에 적용할 만한 제품도 아닌 것이, 정확한 기억은 없었지만, 사업성이 전혀 없어 보이는 제품에 열을 올리며 설명하는 그를 보면서 더욱 안타까웠던 기억이다.

그렇게 수십 년을 자신의 전공과 지식을 살리지도 못하고, 풍족한 자금이 없어 사업을 할 만한 처지도 아니다 보니 일정한 수입도 없이, 그저 사무실에서 에이전트로 보내다가 아까운 생을 마감하고 만 것이다.

부인께서 나름의 직업을 가지고 있었으니, 한편으로 기댈 수 있었던 심리가 그의 자존심을 꺾지 못했던 것이 아닌가 싶다.

안타까운 그의 삶을 돌아보며, 아쉬움에 물어본다.
언제 떠나셨나요?

부고가떴다

본인상이다.

앗, 젊은 나이에 이럴 수가.

그 친구와 첫 만남은 동남아시아 한 복합 단지 모 공사현장에서다.

공사 마무리 단계인 수전(플랜트 전기공사 완료 후 전력청으로부터 공식적으로 전기 받는 일)을 앞두고, 그 친구가 수전업무를 지원하기 위해 출장을 나온 것이다.

K대 전기과를 졸업하고 나름 전기에 대해 경험이 많은 덕에, 이루어진 출장이다.

까무잡잡한 얼굴에 무뚝뚝하니 대화도 없이 혼자서 단독으로 행동하는 그 친구의 첫인상이 상당히 유별나다는 생각이었다.

현장에 출장을 오면 서로 상의하고, 소장 및 현장 직원에게 검토 결과 보고하며 의사 결정을 해야 하는데, 그러한 절차나 과정은 무시한채 독자적인 행동을 하니 그런 생각이 들었을 것이다.

출장온 지 3일차 되는 날 다짜고짜 이상이 없으니, 메인 차단기의 전기 스위치를 올려 수전하자고 한다.

황당한 일이다.

공사를 총괄하는 소장은 하루라도 빨리 수전하여 공사를 마무리지어야 하는 입장이지만, 전기를 공급하는 전력청에서 절차에 따라 감리회사로부터 안전 점검 보고서를 접수 확인한 후에 메인 차단기에서 전기를 공급하는 단계적 절차가 있기에 우리 독자적으로 수전할 수도 없는 입장이지만, 만에 하나 안전사고라도 나게 되면 모든 것이 수포로 돌아가는 것이다.

다행히 전력청으로부터 수전 허락을 받아, 메인 차단기까지 수전을 한 상태였으나, 우리 현장 내부 자체 수전을 위한 감리회사 측과 이 친구가 이견 차이를 보이면서 실랑이가 벌어졌다.

이상이 없으니 빨리 수전하자는 이 친구는 좀 더 자체 점검 후 안전하게 수전해야 한다는 감리회사 측과 대립각을 세우고 씩씩거리며 신경을 곤두세우더니 이틀을 더 싸우다 출장 일주일을 채우고는 성공적 수전도 보지 못한 채 혼자 귀국해 버렸다.

두 번째 만남은 첫 만남 이후 10년도 넘긴 시점에, 그가 소장으로 공사를 수행하고 있는 인도 모 Project 현장에서다.

본 프로젝트는 회사가 IMF의 어려운 시기를 겪으면서 구조조정을 통해 어렵게 다시 도약하려는 시기에 아주 중요한 프로젝트로, 꼭 성공적 사업수행을 성취해야 하는 상징적 프로젝트이지만 준공 6개월을 남기고, 공기가 4~5개월 지연되어 공기 지연으로 인한 잔금 5%는 물론 공기 지연에 따른 지체상금 5%까지 배상해야 하는 어려운 상황에 놓인 프로젝트다.

첫 번째 만남은 필자가 소장으로 그의 출장 지원을 받은 만남이었다면, 이번에는 준공 6개월을 남기고 필자가 프로젝트 총괄인 프로젝트 디렉터(PD, Project Director)로 발령받아 그가 소장인 현장에 그의 상관으로 부임한 경우다.

성격이 급하고 황소고집에 누구와도 타협이 없이 공포의 리더십으로 공사 추진을 하니 현장 직원 누구도 소장과 대화하는 직원은 없었고, 소장의 지시에 그저 수동적으로 따르기만 하다 보니 현장은 침울한 분위기에 공사 진척은 지지부진할 뿐 이었다.

그런 상태로 현장은 변화나 개선의 모습이 보이질 않고 제한된 시간이 촉박해지자, 필자가 소장의 직책을 겸임하며 현장을 직접 이끌게 되었다.

우여곡절 끝에 기적과 같이 지연된 4개월 이상의 공기를 단축하며 성공리에 사업을 마무리하게 되었다.

세 번째 만남과 네 번째 만남도 그가 소장으로 재부임한 인도 현장에서 이루어졌다.

공사 팀장 그리고 본부장으로서 현장 점검 차 방문이었으니, 그의 상관으로 다시 만난 셈이다.

예전에 보여준 공포의 리더십에서 많이 달라진 모습을 보여주고 있었지만, 그가 갖고 있는 내성적인 성격으로 여전히 직원들과의 충분한 소통이 이루어지지 않았고, 자신의 생각을 관철시키려는 고집스러운 성격은 변함이 없는 듯했다.

부하직원들의 의견을 들어주는 경청의 리더십을 강조하였고, 소장으로서 좀 더 많은 소통을 하라는 충고를 주었던 것으로 기억한다.

다섯 번째 만남도 멕시코 발전 프로젝트 현장에서다.

전기전공자로서 발전 프로젝트의 소장으로 적임자라 판단되었지만, 현장은 공기지연 및 사업주와의 소통 부재로 불신으로 이어졌고 직원들의 사기는 상당히 위축된 상황이었다.

사업부장으로 최초 프로젝트인 만큼 필히 성공적으로 마쳐야 하기에, 현장 지원 차원에서 상당기간 체류하며 현장 직원들을 독려하며 함께했지만, 그는 늘 직원 대다수와 어울리지 못했고 홀로 고독한 리더의 길을 걷고 있었다.

이후로 나는 다시 화공 사업의 중동 담당 본부장으로 부임하게 되었고, 이 친구는 불가리아 비료 공장 현장 소장으로 근무하면서 헤어진 뒤, 현장의 사고로 인해 스스로 퇴직의 길을 선택 하였다는 소문을 접하고는 마지막이 되었다.

그렇게 다섯 번째 만남이 현장에서의 마지막 상봉이 되었다.

몇 년 뒤, 서로가 퇴임을 하고 난 후에, 공사 본부 OB 멤버들 10여 명이 저녁을 함께한 자리에서 몸은 병색이 있어 보일 정도로 야위어 있었고, 웃음기 없는 얼굴은 더없이 까맣게 변한 채로 말없이 술만 마시다 사라져간 모습이 어렴풋이 기억에 새롭다.

지극히 내성적이고, 말이 없으며, 누구와도 친한 모습을 볼 수 없었고, 황소고집에 모든 것을 독단적으로 행하는 그가 많이도 안쓰럽게 느껴지던 기억이다.

그리고는 부고를 접한 것이다.

환갑을 갓 지난 나이일 텐데, 안타까운 마음으로 장례식장을 찾았다.

상주인 듯 아들 그리고 사위와 간단한 인사만 치르고 혼자서 밥상을 받으니 술잔만 손에 잡힌다.

혼자서 옛 인연을 생각하니 참 무상함을 넘어 아쉽고, 안타까울 따름이다.

나름 가족을 이루고, 표현을 안 했을 따름이지 사랑하고 아끼고 싶은 사람도 있었을 것이고, 성격이 외람되다 보니 그렇지 나름 실력도 있었고 열심히 했는데 결과가 안타깝고 그의 마음속에는 얼마나 많은 아쉬움이 있었을까?

"망자의 아내는 어디 있나요?"

"장모님은 일 년 전에 이미 돌아가셨습니다."

"아니, 그럼 아들과 함께 살아왔나? 아니면 혼자 생활해 왔던가?"

"회사 퇴임하시고, 장모님과 두 분께서 서울 생활 청산하고 전원생활 하신다고 시골로 내려가셨다가, 장모님께서 갑작스레 돌아가시게 되어 혼자 시골 생활 청산하시고 서울로 다시 올라오셔서 생활해 오셨습니다."

갑자기 평소 얼굴이 새까맣던 그 친구 모습이 생각났다.

'아니 그럼 고인은 간으로 돌아가셨나? 간암?'

"아닙니다. 갑작스레 아침에 일어나셔서 목에서 각혈을 하시면서 돌
연사하셨습니다."

더 이상 질문을 던질 수가 없었다.

그 성격에 아들 내외와 함께하기는 죽어도 싫었을 것이고, 술 좋아하
는 친구가 혼자 술을 마시며 몸을 돌보지도 못하고, 누구 하나 병원에
가보라 권하거나 몸을 생각해 줄 만한 사람도 없었을 터인데….

세상과 등지고, 친구도 없이 아내를 잃고 나니 얼마나 세상이 원망스
러웠을까?

혼자서 그렇게 자기만의 작은 세계를 만들어 가며 살아왔는데 이렇
게 끝을 맺고 말았다.

나와의 인연은 여기서 끝이었다.

아, 슬프다.

누구나 한번 살다가 가는 세상.

그 친구도 나름 자신만의 인생 스토리가 있었을 터인데, 홀로 각혈하
며 죽음을 맞이했다고 하니 안타까운 인생이다.

다음 생에서 많은 친구를 만들고, 모든 사람들로부터 축복받는 그런
생이기를 빌어보며, 편히 잠들기를 기원해 본다.

그렇게 어둡지 않은 표정의 아들과 친구들, 그리고 딸과 사위.

저만치서 바라보며, 그날은 식장에서 혼자 술을 많이도 마셨다.

탁란

뻐꾸기 새끼를 키워온 딱새의 인생인가?

탁란성 조류인 뻐꾸기란 놈은 자신의 둥지를 절대 만들지 않고, 딱새와 같은 다른 부류의 새 둥지에 알을 낳는다.

그러면 딱새는 자신의 알인 줄 착각하고 그 알을 품게 되고, 자신의 알보다 먼저 부화한 뻐꾸기 새끼는 다른 딱새알들을 밀쳐내어 둥지 밖으로 떨어뜨리고는 먹이를 독차지한다.

자신의 알을 잃어버린 딱새는 자신의 몸보다 커지는 뻐꾸기 새끼를 보고 마치 새끼인 양 그렇게 애지중지 키운다.

다 자란 뻐꾸기 새끼는 딱새보다 더 크게 성장하고는 고맙다는 표시도 없이 훌쩍 둥지를 떠나 버린다.

부질없는 딱새의 인생.

명문대학 보내려는 욕심에 애지중지 키운 자식들을 강남 학원가로, 서울로 유학을 보낸다.

학원이다 과외다 피 튀기며 경쟁하다, 지쳐버린 자식들을 보며, 때로는 외국어 공부라는 핑계로 끝내 자식과 아내를 외국으로 보내고 기러기 아빠가 된다.

자식이 잘되기를 바라는 마음에서 현재는 없이, 오지 않는 미래의 어제로 살아간다.

만남의 기약 없는 이별도, 외로움도, 고통 그리고 그 어떤 불편함도 월급 타고 자식에게 송금하는 날 모든 아픔을 잊는다.

마치 입 벌리는 뻐꾸기 새끼 모이 주는 딱새의 기쁨이듯이.

다수의 아이들은 자유분방한 생활 속에 마리화나나 마약에 빠지기 십상이고 타락하는 아이들이 속출한다.

생물학적 부모, 혼인이나 혈연에 의한 가족일 뿐 한집에 살면서 몸으로 부대끼며 끼니를 함께하는 식구가 아닌 것이다.

어쩌다 일 년에 한두 번 만남을 가지면 대화가 없다.

굳이 대화를 하려 말을 걸어보면 말이 통하질 않는다.

이미 꼰대가 되어 버렸다기보다는 문화가 다르고, 세대가 다르고 방식이 다르고 현재 생활이 다르다 보니 말이 통하는 것이 이상할 정도다.

그렇게 다 자란 자식들은 이미 딱새가 되어버린 부모에게 용돈이다 결혼자금이다 손만 벌릴 뿐 진정한 의미의 부모, 식구의 의미를 모른 채 어렸을 적부터 해온 대로 먹이만 요구하는 뻐꾸기 새끼가 되어 버린 것이다.

이제 퇴임을 하면 자식들밖에 없다는 생각에 자식들 결혼자금이다 사업자금이다 그의 마지막 자산까지 투자한다.

그리고는 결혼하든 혼자 생활하든 자식들은 이미 뻐꾸기 새끼가 되어 날아가고, 없는 둥지에 홀로 남아 있는 신세가 되고 만다.

평생을 같이 하지는 않았지만 모든 것을 바쳐왔는데, 그들이 나의 전부라 생각하고 희생해 왔는데, 그들에게는 빨리 죽지 않는 불편한 존재, 이미 귀찮은 존재로 전락하고 만 것이다.

이제 몸도 마음도 늙어 스스로 지탱하기 힘들어지면, 그렇게 딱새는 자의 반 타의 반 요양원이라는 곳으로 보내지고 만다.

"아비가 누더기를 걸치고 있으면, 자식들은 모르는 척하지만, 아비가 돈주머니를 차고 있으면 자식들은 모두 효자가 된다오."

셰익스피어의 리어왕 중 대사가 떠오르는 대목이다.

가족, 식구란 무엇인가?
밥을 같이 먹는다는 게 식구가 아니던가.
그렇게 평생 키운 새끼는 이미 남의 새끼가 되어 버렸다.

탁란,
이기적 유전자를 가진 인간이기에 내리사랑에 익숙한 인간들의 삶의 모습이다.

뻐꾸기와 같은 생물학적 부모보다는 문제가 있어도 가족 구성원 모두가 늘 희로애락을 함께하는 진정한 식구가 무엇보다도 중요한 이유다.

- 불쌍한 기러기 아빠들과 뻐꾸기 새끼를 키우고 있는 주변 부모들의 딱새 인생을 보며, 열의 생각

그는 뻐꾸기였다

그는 생각이 단순하다.

허허실실 그저 누구에게나 호감을 주는 인상에 성실하고, 성격이 모난 데 없이 착해 주변 사람들로부터 인기가 있는 편이다.

장남이고 보니 부모에게서도 사랑을 독차지했음은 말할 필요조차 없다.

엄니는 그저 아들 자랑에 침이 마를 날이 없다.

옷가지, 책이나 가방 등은 장남으로부터 둘째로 이어져 물림 하는 것이 당연시되었고, 먹거리도 장남에게는 별도의 그릇이 주어졌고, 어쩌다 싸움이라도 나면 항상 장남이 옳다며 둘째 그리고 셋째에 대한 꾸지람이 있을 뿐이다.

그렇게 그는 특혜를 갖고 태어났고, 특별하게 취급되어 자라 왔다.

장남이라는 이유로.

초등학교 시절부터 부모는 장남만이라도 좋은 학교에 보내려고 없는 돈에 과외까지 시켰다.

단칸방에 다섯 식구가 살기에는 비좁은 공간이기도 했지만, 편히 공부에만 신경 쓰게 하려는 배려로 과외 선생님 집에서 숙식을 함께 하며 지냈고, 엄니는 과외비에 숙식비까지 보태느라 시장 점포 끝 귀퉁이에서 쪼그려 앉아 소쿠리를 놓고 야채까지 팔아야 했다.

그렇게 장남은 가족이 겪는 가난의 고통 속에서 늘 열외가 되었고, 식구들과 떨어져 다른 세상 속에서 생활하기 시작한다.

어느 날 둘째는 시장 마지막 점포 끝 귀퉁이에서 쭈그리고 앉아 야채 몇 단을 놓고 팔고 있는 초라한 모습의 엄니를 훔쳐보면서 가난이라는 현실을 알게 되었고 그것이 그에겐 큰 충격이었던 듯, 고개를 떨구고 다가가질 못하곤 한다.
한동안 시장 모퉁이에서 엄니를 몰래 훔쳐보며 눈물짓는 것이 둘째의 하루 일과가 되어 버렸다.

그렇게 시작된 가난의 고통은 둘째의 학창시절 내내 지긋지긋하게 따라다니며 괴롭혔지만, 장남만은 집안의 고통을 아는지 모르는지 다른 세상에서 살고 있었고, 여전히 집안의 예외적인 존재다.

다행히 장남은 그 당시 인기가 좋다는 중학교에, 고등학교를 거쳐 대학교에 입학하게 된다.
공부에 전념하기 위해서 가족과 함께 할 수 없다며 장남은 친척집 그리고 기숙사로 보내지고, 부모의 끝없는 헌신과 기대로 장남은 집안의 보배요 둘째와 셋째의 우상이 되어 버렸다.

온 가족이 단칸방 쪽잠을 자며 가난과의 전쟁을 벌이고 있을 때, 장남의 대학 생활은 친척집에 머물면서 간간이 학비며 용돈을 타러 집에 들렀을 뿐 그는 이미 그들의 가족이 아니었다.

힘들게 살아가는 와중에도 부모는 그가 올 때면 모든 시름을 잊은 듯 행복한 모습을 보였고, 마치 대학생이라도 된 듯 목에 힘이 들어가고 자랑스러워하곤 했다.

장남에 대한 희망을 가지고, 가족들은 조그마한 여인숙을 운영하였지만 입에 풀칠하기 급급했고, 식구들 굶기지는 않을 것이라는 믿음에 음식점으로 전환했지만 장사가 신통치 않아 이곳저곳 옮겨 다니다 보니 10평 남짓한 식당 내부의 한 귀퉁이가 4식구의 잠자리요 잦은 이사로 짐이라고는 식기, 주방 도구에 간단한 이부자리와 책가방이 전부로 끝없는 가난의 연속이었다.

아버지는 식자재 조달과 홀 서비스, 둘째는 청소와 배달 전담, 셋째는 홀 서비스에 주방 보조 그리고 엄니는 주방 전담으로 온 가족이 매달리는 사업이었다.
방학 때면 전업 담당인 주방장으로, 주방 보조원으로 변하지만, 그래도 둘째와 셋째는 학교 가는 시간이 있어 그것이 유일한 휴식시간인 것이다.

집안의 삶이 어려우면 어려울수록 장남의 출현은 줄어들었고, 방학이 되어도 입대 후 휴가 중에도 그의 방문은 하루 잠깐 인사치레에 불과할 뿐 가족의 기억 속에서 멀어져 갔지만, 엄니는 늘 집안의 희망인 장손의 앞날을 위한 삶의 연속이었고 그 끈을 놓지 않았다.

둘째가 군대에 입대해 있는 동안, 장남은 대기업 건설회사에 셋째는 조그마한 중소기업에 취업을 하고, 부모는 단둘이서는 운영하기 힘든 조그마한 음식점을 접었다.

그러던 어느 날, 장남이 여자를 데려왔다.

엄니는 집안의 희망인 장남의 여자인데다, 그것도 대학을 나온 여자라고 말도 잘 붙이지 못하고 하얀 손이 물에 젖을세라 꿈쩍도 못 하게 말리시며 상전이 따로 없다.

이제 새 식구가 하나 생겼다는 사실과 둘째와 셋째도 새로운 가정을 꾸려, 이 둥지를 떠나보내야 한다는 현실에 걱정과 가벼운 안도감을 느끼는 듯했다.

그렇게 장남의 여자가 몇 번 집을 찾는가 싶더니, 이번에는 그가 해외 현장에 나간다고 결혼을 서둘러야겠다며 조른다.

그가 벌어놓은 돈으로는 전세는커녕 월세방도 얻기 힘든 지경일 텐데, 집안의 희망이 요청하는 터라 저녁마다 두 늙은이는 수심이 가득하다.

그렇게 장남의 결혼식은 우여곡절 끝에 일사천리로 이루어졌고, 그는 해외 현장으로 그녀는 월급통장과 함께 그녀의 집으로 사라졌다.

집안의 희망이라고 평생 몸을 바쳐 장남 하나만 믿고 장손으로 키워왔는데, 비록 몸은 떨어져 있어도 취업 전에는 정기적으로 학비와 용돈을 부쳐주는 뿌듯함으로, 그리고 취업 후에는 매월 장남으로부터 맡겨지는 월급을 받아오면서 희망으로 혈육의 정을 이어 왔을 터인데 월급 통장마저 넘기고 장남과의 연결고리가 떨어졌으니 그 허탈함과 상실감이 무척이나 컸을 것이다.

고부간의 갈등이 시작된다.

남편이 해외 현장에 파견을 나간 뒤로 장남의 여자는 설이나 추석 명절은 물론 부모님 생일에도 나타나지 않더니 완전히 결혼 전의 모습인 남으로 돌아선다.

그렇게 그들은 남이 되어갔고, 아버지와 엄니는 장남이 뻐꾸기인지도, 자신들이 딱새인지도 모른 채 딱새의 인생을 살고 있는 것이다.

아버지가 쓰러졌다.

둘째와 셋째가 자신들의 둥지를 틀기 위해 떠나자마자, 인생의 숙제를 마쳤다고 생각한 안도감과 함께 힘들게 살아온 인생의 긴장감을 풀어서일까, 딱새의 인생을 알고 실망감에 스스로 희망의 끈을 놓아서일까, 그만 뇌졸중으로 쓰러진 것이다.

나이 60, 환갑이 채 지나지 않은 때이다.

얼마나 안타깝고 서러웠을까?

아버지는 조그마한 방과, 주방과 거실이 딸린 10평 남짓 연립주택을 자신의 무대로 18년간을 침대 위에서 눈물과 회한으로 얼룩진 많은 시간을 보내시다 78세를 일기로 생을 마감한다.

둘째가 오랜 해외 주재원 생활을 정리하고 한국으로 돌아온 지 1년 만의 일이다.

둘째가 해외생활을 마치고 돌아와 보니, 뼈만 앙상하게 남아 침대 위에서 눈만 껌벅이는 아버지, 엄니 또한 당뇨약을 언제 먹었는지? 밥은 언제 먹었는지? 낮인지 밤인지 치매 끼에 당뇨가 있어 하루 종일 비몽사몽간에 지내는 듯하다.

찬장 안에는 녹슨 식기들과 물기 마른 반찬, 그리고 설거지통엔 씻다 말은 그릇들이 나뒹굴고 있다.

둘째가 주말마다 부모 집을 방문하여 약 챙기고, 마른반찬 챙겨드리고 생활한 지 몇 달이 지나자, 그들의 몸 상태가 많이 좋아졌다.

그러던 어느 날 둘째의 여자가 여러 번 전화를 해도 아무도 전화를 받지 않는다.

뚜뚜 신호음이 울리면 수화기를 잘못 올려놓은 것이지만, 벨 소리를 듣지 못할 리도 없고 무언가 불안한 마음에, 둘째의 아내가 급히 달려간다.

그녀의 말에 따르면, 엄니가 쓰러져 있었고 아버지는 침대에서 거동조차 하지 못해, 일단 119로 신고하여 엄니를 병원에 입원시키고 다시돌아와 아버님 죽을 쑤고 있다고, 큰일 날 뻔했다고 한숨을 돌린다.

장남으로부터 전화가 왔다.

둘째가 치질 수술로 인해 힘겹게 엉금엉금 기어 전화기를 받는다.

"엄니 집에 무슨 일 있었냐?"

"응, 아버지는 침대에서 거동조차 못 하시고, 엄니는 당뇨로 정신을 하루 정도 잃었나 봐."

"그래서?"

"아내가 119 신고해서 엄니는 병원에 입원시키고, 아버님 죽 쒀 드리고 있어."

"이제 사실만큼 사신 분인데, 병원에 모시면 안 돼. 특히나 산소 호흡기 대는 순간 환자는 환자대로 고통이고, 자식들은 자식들대로 고생이며 돈만 줄줄 새어 나가니 그냥 자연사하시게 놔두어야 해."

"야, 이 뻐꾸기 ○○야."

둘째가 그만 전화기를 던져버린다.

그렇게 당신께서는 가 버리셨다.

수많은 세월을 장손만 바라보며 힘들게 이겨내며 살아왔는데, 장남의 집은 가보질 않아 어딘지 알지도 못하지만, 죽어서 제삿밥 먹으러 가지도 않을 것이라며 눈을 감고 말았다.

둘째네 식구와 엄니와의 삶이 시작되었다.

장남은 여분의 방이 없다, 큰 아이가 입시 준비 중이라 예민하다는 둥 이런저런 핑계로 손사래를 치기도 했지만, 엄니가 장남의 집을 싫어하니 달리 방법이 없었던 것이다.

둘째의 아내와 엄니와의 고부간에 기싸움이 시작되었다.

주간 노인 보호소에 가기 싫다며 방에만 계시니, 둘째의 아내는 온종일 스트레스다.

치매가 심해지면서는 방금 식사를 끝내고서도 밥을 달라고 하고, 계속 약 달라고 성화다.

주간 노인 보호소에 안 가시겠다던 당신께서도 하루 종일을 방안에만 계시니 지루했던 모양이다.

아니면 이쯤이면 며느리 기를 잡았다 생각했던지, 다시 보내 달라고 또 성화다.

그렇게 한 두 달을 기다려 주간 보호소에 다니기 시작해, 당신께서는 나름 재미를 붙이셨고, 둘째의 아내는 아내대로 조금은 숨통이 튄 셈이다.

명절 때가 문제다.

제사가 있는 만큼 장손 집에는 가야 하지만 당신께서는 그의 집에 가시는 것이 영 내키지 않는 눈치다.

제사를 끝내기 무섭게 엄니는 셋째 집으로 보내지고, 셋째와 장남 사이에 한바탕 실랑이가 벌어진다.

"아니 며칠 좀 모시지 않고 바로 모셔오면 어떡해, 나도 시댁에도 다녀오고 해야 하는데."

"야, 나도 처가에도 가야하고, 엄니가 가겠다고 하는데 어쩌냐."

그렇게 명절 때마다 신경전이 벌어지고, 엄니는 엄니대로 다른 집엔 가기 싫어 짜증을 부리신다.

그렇게 자식들의 실랑이 속에 기세등등하던 엄니가 기가 많이 죽었다.
장남 집은 싫고 사위 집은 미안스럽고 그래도 나름 당신 방도 있고 싹싹한 둘째 며느리가 제일 만만한 눈치다.
시간이 갈수록 둘째가 자신을 버릴까 두려움을 느끼는 듯, 최근 들어 공항이나 역사에 치매 노인을 버리는 자식들이 늘고 있다는 뉴스를 들었는지, 나들이를 가면 둘째나 며느리의 손을 잡고 놓지를 않는다.

"엄마, 힘들어. 여기 잠깐만 앉아 있어. 우리 잠깐 대웅전에 올라가 절만 드리고 내려올게."
"여기 그냥 있으라구?"

잠깐 시주하고 참배드리고 내려오면, 영락없이 거친 숨을 몰아 쉬며 뒤뚱뒤뚱 따라 올라오고 있다.
불안하신 모양이다.
함께 여행을 갔다 가도 어두워지기 시작하면 불안증이 극도로 달하며, 자신을 버리고 갈까 두려운 마음에 안절부절 여기가 어디냐고 수없이 묻고는 집에 빨리 가자고 재촉하신다.
어느 날 손녀 딸아이가 안심을 시킨다.

"할머니 걱정하지 마. 아빠 엄마가 할머니 버리고 가면 내가 경찰에 신고할 테니까."

　어떤 위로도 엄니의 불안감을 떨치진 못했다. 그렇게 기세등등하던 엄니가 풀이 죽어 며느리만 졸졸 따라다니는 어린아이로 변하는 데 불과 일 년이 걸리지 않았다.
　아옹다옹 엄니로 인해 형제간에 갈등과 싸움이 있었지만, 둘째 아내의 고생과 헌신 속에 그렇게 몇 년이 흘렀다.

　엄니에게 큰일이 생겼다.
　이번에는 둘째가 또다시 해외 주재원으로 발령이 난 것이다.
　셋째와 장남이 돌아가며 모시기로 한 모양인데, 눈치를 챘는지 식사량도 줄고 수심이 가득하다.
　엄니 짐이라 해봐야 옷가지 몇 개로 보따리 하나 들고 이 집 저 집 옮겨 다니기는 어렵지 않으나 당신께서는 장남 집, 사위 집으로 향하는 무거운 발걸음이 천리길로 여겨졌을 것이다.

　"그래도 네 집이 좋아, 나 데리러 올 거지?"

　엄니의 말에 둘째의 여자도 엄니도 많이 울었다.
　불쌍한 딱새의 인생이었던가?

　둘째의 여자는 2년 만에 해외생활을 정리하고 귀국하게 되고, 그렇게 둘째와 엄니는 다시 만난다.

다시 만난 엄니는 치매가 많이 심해졌고, 말이 없고, 우울증 증세와 함께 자기 자신을 숨기려는 증세를 보인다.

장남 집에, 사위 집에 머물며 스스로 며느리와 사위 눈치를 보느라 엄청난 스트레스를 받은 듯 예전의 엄니가 아니었다.

오줌을 얼마나 참았는지 아래 바지를 움켜쥐고는 방문을 살짝 열고 바깥 눈치를 살피느라 선뜻 화장실을 가질 못한다.

아들 집인지 딸 집인지 잘 구별을 못 하는 모양새다.

"엄마, 나와 화장실 가도 돼. 여긴 엄마 집이야. 문 열고 나와. 괜찮아."

둘째와 그의 아내가 아무리 일러 줘도 행동에 변화가 없다.

엄니 방에 TV와 전화기를 별도로 놓아 드리긴 했지만, 예전과 달리 거실로 통 나오려 들지 않는다.

꿈과 현실을 구분 못하듯, 여기가 엄니 집이고 편하게 지내라고 일러도 고개만 떨구고 초점 없이 딴 곳만 응시한 채 멍하니 앉아 있는 모습이 늘어간다.

그렇게 몇 년을 일러주어도 방문을 살짝 열고 눈치를 살피는 버릇은 고쳐지질 않았다.

그렇게 둘째의 집에서 주간 요양원에 다니기를 몇 년, 치매가 점점 심해지며 거동이 불편해, 나름 장해 5급 등급을 받아 시설 좋고 가까운 한

남동 요양원에 몇 달을 기다려 모시게 되어 새로운 생활이 시작되었다.

일주일에 한 번씩 보러 가면 나름 적응을 잘 했던 것 같다.

규칙적인 생활 덕인지, 살은 빠지셨지만, 안색이 환하게 돌고 친구도 생겨 마음이 한결 편해졌다.

"아이고, 네가 웬일이가?"
"엄마, 잘 있었어? 내가 누구야?"
"둘째 아이가."

남편과 친정아버지 이름은 잊어도 자식 이름과 얼굴은 잊지 않는 천생 엄니다.

그렇게 한두 마디 던지고는 이내 얼굴을 돌리고, 가지고 온 음식에만 관심을 쏟는다.

정신없이 먹고 있는 모습을 보며, 물이라도 떠오려고 잠시 자리를 비우고 물컵을 받아 들고 들어서면 다시 또 반긴다.

"아이고 네가 웬일이가?"
"방금 왔었잖아. 물 떠오는 거야."
"방금 왔었다구?"

화장실을 다녀온다거나, 자리를 잠깐 비웠다가 다시 눈에 비치면 처음 본 듯 반긴다.

그리고는 헤어질 때면 아쉬워한다.

"엄마. 나 갈게. 잘 있어. 밥 잘 먹고…."

"간다구? 나는 언제 데리고 가니?"

나를 왜 안 데리고 가냐는 듯 말꼬리를 흐리며 물끄러미 바라본다.

그렇게 2년 남짓 지내다가, 아버지가 가신지 13년 만에 그를 따라 먼 길을 떠나셨다.

"엄마, 나랑 단풍 보러 가자."

"어디 가자구?"

"응, 남산에 단풍이 아주 예쁘게 들었어."

늦가을 어느 날 둘째의 아내가 좋아하는 홍시와 뜨끈한 캔 커피를 사 주며, 요양원에서 데리고 나와 남산으로 드라이브를 시켜 주려 나섰다.

유난히도 커피를 좋아하는 엄니는 따스한 캔 커피를 두 손으로 움켜쥐고는 연신 차창 밖을 내다보신다.

"아이고, 황이 노랗게 들었네. 황이 아주 노래."

은행 단풍을 보고는 황이 노랗게 물들었다고 연신 중얼거리신다.

남산 단풍에 연신 감탄을 하시고, 그 좋아하는 커피는 두 손으로 꼬

옥 쥔 채로 아껴 먹으려는 듯 또 사줄 테니 먹으라고 자꾸 재촉하는 둘째 아내의 채근에도 끝내 드시지 않았다.

그날이 이승에서의 마지막 소풍이 되어 버린 것이다.

먼 길 떠나기 2주 전의 일이다.

엄니가 요양원에서 중환자실로 옮겨질 때 둘째는 해외 출장 중이었다.

요양원에서 속이 거북하다며 약을 드셨지만 몇 번을 토하시며 어깨가 너무 아프다는 말에 큰 병원으로 옮겨졌고, 긴급 심장 스턴트 시술을 받았지만 이내 혼수상태로 빠져들었고, 둘째는 사우디 국영 석유회사 사장과의 중요한 면담을 앞두고 있던 참이다.

"엄마 사랑해. 힘들지? 조금만 참아. 내 곧 갈게."

사람은 죽기 전에 귀가 가장 늦게 닫힌다며 마지막 통화를 했으면 좋겠다는 주변의 말에 둘째와 엄니 사이의 영상통화 중 둘째가 눈물을 찍어내며 여러 차례 뱉은 말이다.

말이 영상통화이지, 산소마스크를 끼고 혼수상태의 엄니에게 이어폰을 대주고, 둘째는 미동이 없는 그 모습을 스마트 폰을 통해 보면서 혼자 독백하듯 눈물을 쏟아내며 되풀이하던 말이다.

의사의 말로는 산소 호흡기로도 하루를 넘기기 힘들 것이고 준비해서야 한다는 것이다.

둘째 아드님을 기다리실 수는 없을 것이니, 장례 절차를 밟으라는 권유였던 것이다.

기적이 일어났다.

다음날 사우디 국영 석유회사 측 회장단과의 미팅을 끝내고 바로 바레인 공항에 도착했을 때까지도 엄니는 의사의 추측과는 다르게 힘겹게 산소 호흡기를 통해 생명을 이어가고 있었고, 바레인 공항을 이륙하여 서울에 도착하기 바로 전 명을 다하셨다고 하니, 둘째와의 영상통화를 통해 기다려 달라는 둘째의 말을 지키기 위해 그가 돌아오기까지 끝까지 힘들게 며칠을 버티신 것이다.

그렇게 엄니는 힘들게 가셨다.

"아이고, 제가 상주 자격이 있나요? 마지막 병원비도 다 계산하시고, 제수씨가 알아서 결정하세요. 저는 그냥 따르겠습니다."

둘째의 아내가 엄니를 병원 장례식장으로 모시면서 특실 또는 일반실로 할까요 하고 묻는 말에 장남이 대답한 말이다.

둘째와 그의 아내는 엄니를 입관하면서 많이도 울었지만, 장남과 그 여자는 울음이 없다.

뻐꾸기 새끼가 딱새의 죽음을 슬퍼할 리가 없다.

둘째가 눈을 감고 한숨을 길게 내어 쉰다.

"뻐꾸기 새끼."

어찌 보면 자신도 셋째도 자식 모두가 뻐꾸기 새끼였는지도 모른다는
생각에 고개를 떨어트린다.

임대인과 임차인

사람과 사람의 만남인데, 친해질 수 없는 사이인가?

서로의 이해관계를 주고받는 사이가 아니라, 서로 요구만 하는 사이라서 친해질 수가 없는 그런 관계인가 보다.

한쪽은 사용공간에 대한 임대료를 요구하는 입장이고, 다른 한쪽은 사용공간의 불편함을 개선해 달라는 요구를 하니 양쪽 모두 요구만 하는 사이인 것이다.

신혼 시절 월세방이다 전세방이다 살아 보면서 주인으로부터 불편한 곳은 없는지 인사를 받아본 적도 주인이 누구인지조차도 몰랐던 것 같다.

어쩌다 임차인의 입장에서 집에 문제가 있어 임대인에게 전화를 하면 관리실에 요청해 보라며 잘 모르겠다는 답변을 듣기 일쑤다.

말레이시아 주재원 생활을 10년 가까이 하면서 월세로 낸 돈만 해도 집값의 1.5배는 지불했을 텐데, 얼굴은커녕 단 한 번 만난 적도 없었다.

동말레이시아에 사는 중국계 사람으로 과자 공장을 한다는 말은 들었지만… 통화 한번 한 적도 없었고 단지 K.L 출장길에 과자 한 통 들고 잠깐 집에 들렀다 왔다는 아내의 말을 들었을 뿐이다.

프리미엄 아파트 단지이다 보니 모든 관리를 분양회사에서 도맡아 하니 불편사항을 그들과 상의하면 될 일이지 구태여 주인과 통화할 일은 아니기 때문이다.

　임대인의 입장에서 보면 임차인으로부터 전화 받기가 겁난다.
　거의 대다수의 전화는 문제해결을 요구하는 전화이기 때문이다.
　하수도가 막혔다든지, 전기가 끊겼다든지 심지어 주차 문제나 소음 문제 등 임차인끼리의 싸움까지도 임대인에게 불평이다.
　코로나 때에는 임대료를 삭감해 달라는 노골적 요구에 금전적 어려움을 겪기도 하고, 임대차 계약 해지에 따른 철거 시에는 철거 기준에 대한 양측의 차이로 시비가 붙곤 한다.
　정말이지 피곤한 일이다.

　"요즘 장사가 잘 되나요?"라고 묻는다는 것은 상식적이지 않다.
　뻔한 답이 나온다는 것을 잘 알기 때문이다.

　전세가 25억이 넘는 강남 아파트에 전세를 살던 친구가 집주인으로부터 전세금을 올려달라는 요구를 받았다.
　은근히 깎아 주어야 하는 거 아닌가 싶었는데, 몇억을 올려달라니 황당하기도 하지만 얄미운 생각에 25억이 넘는 큰돈을 어찌 구할까 하는 생각에 집을 빼겠다는 강경책으로 대응했다고 한다.
　큰돈을 급전하기도 어려울 것이고 전세입자를 급히 구하기도 어려워 집주인이 꼬리를 내리리라 생각했을 것이다.
　한편 집주인 입장에서는 전세인이 갑자기 집을 구하기도 어려울 것이라는 생각에 전세금 인상을 수용하지 않으면, 집을 한 달 내 빼달라고 강경하게 나왔다고 한다.

임대인 임차인 모두 대비책 없이 강 대 강 치킨게임으로 치달은 것이다.

결국에는 임대인은 여기저기서 높은 이자를 내어가며 급전을 빌어 이자 비용이 만만치 않게 지출되고 있는 상황이 되었고, 친구는 친구대로 이삿짐을 맡기고 단기 월세 집을 높은 비용을 지출하며 집을 구하고 있는 상황이라 강 대 강 치킨게임이 모두에게 많은 피해를 주는 결과를 초래하고 만 것이다.

임대인과 임차인.
명절에 인사는커녕 식사 한번 해 본 적이 없다.
서로 얼굴을 마주하기가 껄끄러운 사이가 되어 버렸다.
둘 사이에 가능한 대화가 서로가 듣기 싫은 내용이기 때문일 것이다.

- 서로의 입장이 되어 보고, 이해와 상생의 계기를 만들어 가는 인간사는 세상을 꿈꾸며, 열의 생각

친구

그냥 좋아서 만나는 친구가 친구다.

사업상 금전상 이해관계가 있는 상태의 친구는 만남이 어색하다.

할 말이 없어도 그냥 마주 보면 편안함이 있는 사이가 좋은 친구다.

우리는 살아오면서 친구의 중요성에 대해 너무도 많이 들어온 덕에, 스스로에게 얼마나 구속되어 왔나?

"그의 친구들을 보면 그의 됨됨이를 알 수 있다."

"진짜 어려울 때 찾아주는 친구가, 내가 죽었을 때 내 무덤가에 눈물을 흘리는 친구가 진정한 친구다."

"기쁘거나 즐거움을 함께할 수 있는 친구보다도, 나의 외로움을 달래주고, 괴로울 때나 슬플 때 함께 해줄 친구가 친구다."

"나의 진정한 재산은 친구이며, 늙어서 자식 농사 잘 지은 것보다, 돈이 많은 것보다 도 여러 친구가 낫다."

"친구의 숫자가 기대수명과 비례하며, 건강의 척도가 된다."

여러 가지 친구에 대한 좋은 말들이 있지만, 어차피 인간은 외롭고, 그 외로움을 이겨가는 것이 삶 아니던가.

죽음은 어차피 홀로 오롯이 맞이해야 하는 길이다.

홀로 가는 길에 잠깐의 외로움을 달래줄 수는 있어도 나의 무덤까지 함께할 수는 없는 길이기에 그렇다.

살아가면서 하나둘씩 각자의 사유로 멀어져 가는 친구들을 보면서, 혼자 가는 길에 익숙해져야 한다는 생각이다.

살다 보니 친했던 관계도 오해가 쌓이고, 기대가 실망으로 변하면서 사소한 실망감에 거리가 생겨 오히려 마음에 상처와 아픔이 될 때도 많다.

어렵게 마을금고 대출받아 돈을 빌려주었다가 돌려받지도 못하고 오히려 그 당시 무척이나 서운했다는 친구, 급하다는 목소리에 되돌려받을 생각 없이 입금을 시켜 주었더니 그만 그 친구도 사라지고 말았다.

좋지 않았던 경험으로 돈 요구를 하는 친구에게 어렵게 거절을 하게 되면 그 친구와의 관계가 서먹서먹해지기도 하고, 정치나 종교 이야기를 하다가도 서로 다름을 인정하지 않아 그만 돌아서기도 한다.

나이가 들어가면서 절대적 이기주의적 행동을 보이는 친구 앞에서, 예전에 동등한 관계에서 만들었던 추억을 가슴에 묻고 슬픔에 돌아서게 된다.

등산길 후미진 곳에서 60대 초반으로 보이는 남성 셋이서 막걸리를 마시고 있다.

서로 욕지거리를 섞어가며 티격태격하는 모습을 보니, 오래된 고향 친구들로 보인다.

"그래, ○○야 주민증 까."

"너부터 까 임마."

"다 같이 동시에 까자."

오랜 친구인 듯 보이는 셋이서 서로 연장자라고 우기는 모양새다.

"야~~ 이 ○○ 나보다 2년이나 어린놈이네, 지난 수십 년간 속여 온 거네, 개 ○○."

"울 엄니가 호적을 늦게 올려 생긴 일이여."

한 사람이 일어서며 삿대질을 해대더니, 막걸리 병을 던져버리고는 올라오던 길을 다시 내려간다.

불알친구로 수십 년을 함께 해오다, 사소한 오해로 나이를 까보며 생긴 웃픈 일이다.

친구를 무척이나 좋아했었다.

내가 조금 손해를 보더라도 친구가 우선이었고, 선생님으로부터 친구보다는 공부에 열중하라는 충고를 들어도 그저 친구가 좋았고, 부모님께 꾸중을 들어가면서도 친구들과의 만남은 그 무엇보다도 좋았다.

이런저런 오해로, 나이가 들어감에 따라 각자의 삶의 무게에 짓눌려 떨어져 지내다 보니 하나둘 친구도 사라져 버렸다.

동창회, 동호회, 퇴임 모임, 등산모임, 골프모임 등 외로움의 두려움을 피하려 소속감을 느끼고 바쁘게 참석하지만, 외로움을 이길 수는 없다.

초등학교, 중학교 동창회는 기억도 가물가물한데, 무슨 이야깃거리가 있을 것이며 고등학교 대학교 동창 모임도 기억 속 반복되는 추억거리 두어 순배 돌면 할 얘기가 없다.

그래도 따끈따끈한 기억 속 오랜 기간 함께한 직장 동료들과의 퇴임 모임은 그나마 이야깃거리가 있지만, 모임 후 집으로 향하는 발길엔 예외 없이 허탈함 이 몰려온다.

친구,

그냥 좋아서 만나는 친구가 있으면 좋다.

이해관계로 어색함이나 불편함을 참아가며 또는 득실을 저울질하며 친구 관계를 이어갈 필요는 없다.

인생은 어차피 혼자 가는 길이기 때문이다.

외로움도 자신에 대한 성찰의 기회를 주기에, 외로움도 친구가 될 수 있다는 생각으로 익숙해져야 할 나이이다.

그래도 꿀꿀한 날 그냥 좋아 소주 한잔 기울일 수 있는 친구가 있다면, 그것으로 축복받은 인생이다.

- 떠나버린 친구를 생각하며, 나의 부족한 덕을 탓해 본다. 친구란 무엇인가를 생각하며, 열의 생각

자식 사랑 어디까지

"송 ○○를 찾아주세요."

딸을 찾는 아버지가 죽었다는 가슴 아픈 뉴스를 접한 지 꽤나 되었음에도, 아직 현수막이 눈에 띈다.

고등학교에 다니는 딸아이가 집으로 돌아오는 길에 행방불명된 지 수십 년.

그는 모든 생업을 접고 딸아이를 찾아 전국 방방곡곡을 찾아다녔다.

그의 아내는 슬픔을 견디지 못하고 우울증으로 생을 마감하였고, 그마저 딸을 찾는 현수막을 트럭에 가득 채운 채 고속도로에서 운전 중 심장마비로 생을 마감하고 만 것이다.

얼마나 사랑했기에 단 한 번뿐인 생을 모두 포기하고 수십 년을 찾아다녔을까?

어느 날 야산 으슥한 곳에 사망한 채 발견된 노부부

자식 하나 키우며 금실 좋았던 노부부가 중소기업 퇴직 후 비록 적은 돈이지만 노후자금과 작은 아파트를 마련하고 일의 끈을 놓지 않고 살다가 아들의 사업실패로 노후자금과 집을 탕진하고, 지하셋방으로 이사한 후 아내가 우울증으로 쇠약해 가던 중 발생한 일이다.

아내는 양손이 묶인 채 목 졸려 사망하고 남편은 나무에 목을 매 자살한 것으로 보이는 듯, 그의 주머니 속엔 속죄하는 유서 한 장이 있었다.

아내의 목에서 타인이 끈으로 조른 흔적이 있으나 저항의 흔적은 미미하고 손도 아프지 않게 손수건을 대고 묶어 상대를 무척이나 배려한 듯 여겨지고, 아내는 남편의 행위를 담담히 받아들인 것으로 보인다.

아내의 이름으로 가입된 다수의 상해보험.
자살이나 촉탁살인은 명백히 보험의 대상이 아니지만, 촉탁살인이 의심되는 상황 속에서 남편 사망으로 증명이 불가하여 보험금을 받게 된 아들.
아들에게 마지막 유산으로 보험금을 남긴 부모의 사랑이었다.
아들 하나 잘되라고 평생을 헌신하며 키웠는데, 그것도 모자라 죽음으로 자식의 생을 위해 마감하니 인간의 자식 사랑은 어디까지인가?

"내리사랑은 있어도 치사랑은 없다."

인간은 종족번영을 위한 이기적 유전자를 가지고 있어 손위 사랑보다는 내리사랑이 강한 동물이다.
지진 속에서, 화재 현장에서 그리고 포탄 터지는 전쟁터에서 아이를 살리려고 온몸으로 감싸고 죽음을 맞이하는 가슴 울리는 엄마들의 모습을 많이 본다.

경제적 자립의 능력이 없는 자식에게 모든 것을 털어 넣은 후 비참한 노후를 맞이하는 사람들, 못된 자식에게서 버림받고 폭행을 당하면서도 자식의 잘못을 부정하고 선처를 바라는 사람들, 자신의 삶을 포기하면서까지 자식의 행복을 갈망하는 사람들.

자식 사랑은 어디까지인가?

자신의 삶 속에 자식이 있기에, 자식 사랑도 자신의 삶 속 어디까지는 선을 그어야 하지 않을까?

- 단 한 번뿐인 나의 삶이 무엇보다 중요하기에 한없는 자식 사랑도 나의 삶 속에 한계가 있어야 한다. 열의 생각

안타까운 공무원(1)

공무원이라고 하면 단어 자체로 철밥통이라는 수식어가 연상되는데, 이는 명예퇴직이나 구조조정 없이 정년퇴임 시까지 임기가 보장되기 때문일 것이다.

그렇다 보니 무사안일주의적이고, 수동적이며, 비창의적인 그런 부류의 인간성을 가진 사람들로 인식되곤 한다.

모든 공무원이 그런 부류의 사람들은 아니지만, 선뜻 그런 이미지가 풍기는 것은 왜일까?

국민의 세금으로 월급을 받는 만큼 친절해야 하며, 좀더 적극적으로 민원을 처리하고 국민의 입장에서 항상 생각하고 신속하게 일을 처리해야 한다고 교육을 나름 많이 받았을 것이다.

민원처리기간이 정해져 있어 업무를 미룰 수도 없고, 어떠한 형태로든 답변을 해야 한다는 식의 시스템적 제도 또한 많이 만들어 놓았다.

예전 많은 공무원들이 거드름을 떨던 시절과는 많이 변했지만, 그러한 시스템이나 제도도 실제 이를 행하는 공무원 당사자의 변화가 없으면 가식적 행동으로 나타나곤 하는 것이다.

"선생님, 지금 지진이라도 났나요? 물이라도 새어 나왔나요?"

옆 신축공사 현장의 터 파기 작업 중 경계면 하부 기존 하수도관의 파손우려로 주무 관청의 사전 관리 감독을 요구하는 옆 기존 건물 건물주의 전화에 공무원이 한 말이라고 한다.

옆 건물의 하수정 내벽은 이미 신축공사를 위한 구건물 철거 작업에 따른 진동으로 금이 가고 붕괴하고 있어 임시 나무판자로 막은 상태이다 보니 옆 건물주로서는 여간 불안한 마음이 아니었을 것이다.

사실 하수관은 구청 치수과에는 표기되어 있지 않은 30년 넘게, 아주 오래된 600mm 콘크리트 하수관으로 윗동네 하수가 통과하는 관청의 관으로 옆 건물 하수도 또한 연결되어 있어 함부로 훼손할 수 없는 공용의 관인 것이다.

옆 건물 지하층에서 하수 냄새가 나며 만만치 않은 양의 물이 새 나오는 것을 확인한 것은 옆 신축 공사장에서 파일공사가 있었던 날 저녁으로, 그 구청 담당 공무원과 통화한 지 이틀 만에 벌어진 일이라고 한다.

옆 신축공사장의 현장소장과 함께 밤새 물 퍼내는 작업으로 밤을 지새우고, 아침에 파일 작업 부위를 파보니 파일 몇 개가 기존 콘크리트 하수관을 관통해 하수가 막히는 바람에 많은 물이 고여 있었다고 한다.

"지난번 지진이라도 났는지, 물이라도 새어 나왔는지 물으셨는데, 어젯밤 물이 새어 나와 지하층이 침수되는 사고가 발생했어요."
"우리가 관리를 했는데, 구내 모든 현장을 매일 종일토록 지켜볼 수는 없잖아요."

"이미 벌어진 일은 그렇고 깨진 관을 어떻게 하실 건가요?"

"구청에서 양쪽 집 간에 생긴 일로 이래라저래라할 수는 없잖아요. 두 집에서 잘 상의해서 결정하세요."

"이 문제가 왜 양쪽 집 간의 문제인 거죠? 엄연히 오래전 공동 하수관으로 관에서 설치한 관이고, 당연히 관에서 책임지고 해결해 주셔야 한다고 생각합니다."

"현장 건설업체로부터 임시 관을 설치하는 것으로 통보받았고요, 상부 하수관은 예산 문제로 내년이나 되어서 관 방향을 틀어 다른 쪽으로 연결할 예정입니다. 걱정하지 않으셔도 됩니다."

"윗동네 하수관을 내년에 방향을 바꾸더라도, 우리 건물 하수는 연결해야 하는 만큼, 임시 관이 아니라 영구적인 관으로 설치해야 한다고 생각합니다. 시공업체는 공기나 예산을 핑계로 대충하려 할 텐데, 구청에서 관리 감독을 철저히 해 주셨으면 좋겠습니다."

"선생님, 우리가 이래라저래라 할 입장은 아니고요. 아무튼 공사업체에서 옆집 하수를 막거나, 하수의 흐름을 방해하는 행위를 하게 되면 행정조치를 취하거나 공사를 할 수가 없어요. 그러니 선생님께서는 걱정하지 않으셔도 됩니다."

"나도 옆 건설업체에게 이래라저래라 할 입장은 아니라고 봅니다. 다만 우리 건물의 하수가 문제없도록 해줘야 하는데, 그래도 관청의 공공의 관인만큼 구청에서 관리 감독을 철저히 해주면 될 문제라고 생각되어 부탁드립니다."

"걱정하지 마시고요. 서울시에 올리신 민원 응답 소는 저희 구청으로 돌아오는 만큼, 삭제해 주셨으면 좋겠습니다."

옆 건물 지하층에 하수 침수사고가 있고 난 후, 구청 공무원과 옆 건물 건물주가 나눈 대화라고 한다.

다음날부터 이틀에 걸쳐, 깨진 600mm 콘크리트관을 걷어내고 300mm 플렉시블 PVC 관을 임시 설치하였고, 이때도 구청 담당자는 현장에 모습을 나타내지 않았다고 한다.
지름이 절반인 관이다 보니, 관의 면적은 1/4밖에 되지 않는 임시 관이었던 것이다.

겨울 내내 건조기라 문제가 없어 보이더니, 봄이 되어 비가 오기 시작하니, 우수와 하수가 합쳐지면서 이음매가 터졌는지 다시 지하층에 침수가 발생하는 사고가 터졌고, 신축 공사장 지하층 골조작업이 끝나야 하수관 재시공이 가능하기에 다섯 차례에 걸친 지하층 침수사고를 감내해야 했고, 급기야 임시관이 막히면서 하수가 역류하여 강제로 펌프를 동원하여 물을 퍼내는 작업을 한 달 넘게 하는 고생을 할 수밖에 없었다고 한다.

지하층 인테리어 재시공 작업만 두 차례에 걸쳐 실시하였고, 영업도 상당기간 정지되어 영업 손실이 컸고, 건물주는 임대료를 몇 개월간 받지 못하는 손해를 감내해야 했지만, 구청으로부터 손해배상은커녕 미안하다는 공식 사과조차 전혀 받아보질 못했다고 한다.

급기야 변호사를 동원해 건설업체와 하수관을 포함하여 담벼락과 맨홀 등 손상 부분 재시공에 대한 합의서를 작성하고 재시공을 하게 되었고, 이때에도 이들은 현장에 모습을 보이지 않았다고 한다.

이왕 구청 공공의 관으로 공무원의 관리 감독이 요구되는 일로서, 건설 초기부터 철저히 감독 지시하였다면 많은 사람들의 고통과 엄청난 손해를 감수하지는 않았을 일이었는데, 옆 건물 건물주로서는 얼마나 가슴 아프고 안타까운 일이었을까?

안타까운 공무원.

안타까운 공무원(2)

지난 수년간 IRP 계좌에 입금되어 있던 퇴직금을 세금을 공제하고 증권계좌로 옮겼다.

부동산이나 주식상승에 비해 적용되는 이자가 너무 적어, 지난 수년간 투자 수익이 미미할 뿐 아니라 투자처로는 마땅치 않다는 생각 때문이다.

적지 않은 세금을 제하고 나니 조금은 허탈한 마음이지만, 그래도 수익률이 낮은 IRP 계좌에 두는 것은 아니라고 판단했다.

옛 동료직원으로부터 우연히 최근 대법원 판결에서 퇴직금에 대한 세금 계산법이 달리 적용되어 환급을 받을 수 있다는 정보를 입수했다.

직장생활 20년 만에 임원으로 승진하면서 퇴직금 정산을 하게 되고, 임원으로 급여를 받다가 퇴임하게 되면 임원기간에 해당하는 기간만 계산하여 퇴직금에 세금을 적용하였는데, 임원으로 승진하기 전 20년을 포함하여 계산되어야 한다는 것이 대법원판결이다.

이렇게 고려하면 세금으로 떼었던 금액 중, 약 15%의 환급이 가능한 케이스다.

조심스레 전화를 했다.

"여보세요, ○○ 세무서 소득세과죠?"
"예, 그런데요."

친절한 척 격식은 갖췄지만, 역시 수동적인 여자 목소리다.

"최근 대법원 판결 결과에 따라 퇴직금 적용했던 세금 환급 때문에
전화드렸는데요."
"판결 결과는 잘 모르겠고, 이의가 있으시면 일단 나오셔서 소득세
환급 신청서가 있으니 신청하세요."

환급신청서 및 절차가 있으니 우선 신청서부터 제출하라는 요구다.
만약을 위해 음성녹음을 해 두었고, 계속 해 두어야 하겠다는 생각
이다.

요청에 따라 세무서를 방문을 했다.
소득세 신고 기간이라 많은 사람이 북적이고 있었고, 소득세 관련 방
문자는 현관 옆을 이용해 건물을 돌아 건물 뒤편에 임시 마련된 민원
상담소를 이용하라는 안내 팻말이 여러 곳 붙어 있었다.
나는 퇴직금 세금 환급의 경우라 현관을 이용 들어가려고 하니, 앉아
있던 직원이 가로막는다.

"어떻게 오셨어요?"
"퇴직금 세금 환급 신청하려구요."

"옆으로 따라가 주세요."

"저는 퇴직금 세금 환급인 경우인데요."

"아~ 소득세과에서 취급하니 팻말 따라가세요."

"아니 저는 신고가 아닌데…."

"그래도 따라가세요."

막무가내다.

더 이상 실랑이하기 싫어, 건물 옆 모퉁이에 길게 늘어선 줄에 합류하였다.

30분이 넘게 걸려 건물 뒤 2~3명이 임시 부스를 만들어 민원을 담당하고 있는 임시 상담소에 차례가 되었다.

"주민번호요."

"○○○○○○-○○○○○○○"

"사업자 번호 있으세요?"

"아니 나는 퇴직금 세금 환급받으러 왔는데요?"

"지금 소득세 신고하러 온 거 아닌가요? 신분증 줘 보세요."

정말 짜증나는 순간이다.

30분 넘게 기다려 왔는데, 소득 신고하고 세금 어떻게 내는지 잘 모르는 그저 그런 할아버지 취급하고 있는 게 아닌가?"

"소득 신고는 이미 했고, 소득세도 냈는데, 왜 자꾸 소득세 신고 얘기만 하나?"

"사업자 등록 번호 대주세요."

"○○○-○○-○○○○○"

"세금은 이미 내셨는데, 왜 여기 오셨나요?"

"나는 지금 퇴직금 관련 세금 낸 것에 대해, 환급 신청하러 왔다고 몇 번 말해야 알겠소."

큰소리를 내며 역정을 내니 다시 나를 주목하며, 이곳은 아니고 건물 1층 왼쪽 사무실이라고 일러준다.

참 답답한 획일적 행정에, 융통성 없는 답답한 공무원들이다.

사무실을 찾고 보니 담당자는 부재중이고 신참내기가 다가와 신청서 한 장을 쑥 내밀어 준다.

작성하고 가시면, 담당자가 연락 취해 확인하겠다는 애기다.

이로부터 몇 개월간의 지루한 말싸움이 시작되었다.

이의 신청서에 환급 요청만 있었지, 환급 금액에 대한 명시가 없다고 한다.

"아니, 그걸 개인이 어떻게 계산을 할 수 있나요?"

"그래도 환급 요청하시는 금액을 알려주셔야지요?"

"시스템적으로 계산되어 나오고, 난 그것을 믿고 수십 년을 세금 내왔는데, 퇴직금에 대한 세금을 직접 계산해서 환급 금액을 요청하라구요."

옆에서 듣고 있던 아내가 답답했던지 한마디 거든다.

"아~ 아가씨, 우리가 늙어서 그래요. 잘 모르니까. 좀 가르쳐 주면 안
될까요?"
"제가 그것까지 도와드릴 수는 없어요. 세무사를 써서 대리 신청하시
든지?"

목소리의 톤은 낮지만 무지 짜증나는 말투다.

"은행에서 세금을 계산해서 제외하고 퇴직금을 지급한 이상, 은행 측
과 확인해서 환급금을 정해 주시면 안 되나요?"
"모르겠고, 은행 측과 확인해 보세요."

IRP 계좌에서 퇴직금 인출한 시점과 어느 은행인지 확인절차가 있었
고, 내부 확인절차를 거쳐 결과를 알려 준다고 한다.
결과를 확인하려 일주일 후 어렵사리 전화통화에 성공했지만, 결과
가 아직 안 나왔다며 다시 일주일을 기다리라고 한다.

몇 차례 수동적 자세의 담당자와 답답한 통화가 있고 난 후, 결과가
확인되었으니 은행에 환급 요청하라며 자신의 업무는 끝난 것처럼 퉁
명스럽게 전화를 끊고 말았다.

"아~, 죄송스러운데요. 세무서에서 확인 전화는 받았지만, 저희는 환

급을 처리해 드릴 수가 없습니다. 저희 시스템은 금번 대법원 판결 내용을 적용한 것도 아니며, 세무당국으로부터 아직 지침을 받은 것도 없을 뿐 아니라, 이미 적용한 세금 내역은 세무서로 통보된 상태입니다."

"세무서에서는 확인이 되었으니, 은행으로부터 환급받으라는데요."

"예? 저희는 이미 시스템적으로 종결처리 된 사안이며, 내년도에 세금에 대한 돈이 세무서로 자동이체 됩니다. 따라서 저희 은행에서 다시 처리할 수도 없지만, 환급은 세무서로부터 받으셔야 합니다."

이로부터 은행과 세무서 간 핑퐁이 2개월 넘게 이어져 오고, 직접 대화하여 해결책을 찾아야 하지만, 중간에 나만 피곤할 따름이다.

은행과의 대화를 통해 그래도 현재의 시스템상의 문제를 이해시키려 노력하는 은행 담당자의 입장을 이해하게 되었지만, 세무서의 담당 공무원과의 대화는 수동적 자세에 자꾸 피하려고만 하려는 태도에 그만 목소리를 높이고 말았다.

"자꾸 이러시면 녹음할 거예요."

"녹음하세요, 해. 난 처음부터 지금까지 모든 것을 다 녹음해 두었으니, 그쪽도 하시고 싶으면 하세요."

갑자기 목소리가 낮추어지고 전화응대 태도가 부드럽게 바뀌더니, 내부적으로 품의를 올려 볼 테니 1~2주만 기다려 달라고 한다.

모든 내용을 다 녹음해 두었다고 하니, 태도가 바뀐 모양새다.

그로부터 2주 후 내부 품의 승인이 났고, 은행 계좌로 입금될 것이라는 통보를 받았다.

정확히 2주 후 개인 구좌로 예상했던 세금 환급금이 입금되었다.

"법은 법 위에 잠자는 자를 보호하지 않는다"고 했나, 수동적이고 비협조적인 공무원과의 지루한 싸움에서 이긴 것이다.

그동안 공무원과의 지루한 싸움으로 밉기도 하고 괘씸하기도 했지만, 돈을 받고 보니 한편으로는 고맙기도 하였다.

작지 않은 돈이기에, 감사하다는 말을 전하고 싶다.

떡이라도 보내 고맙다는 표현을 하겠다는 생각으로 전화통화를 여러 차례 시도하였다.

며칠 간의 시도 끝에 포기하고 말았다.

그때 처음으로 관공서 일반 전화기에는 송화자의 핸드폰 번호가 뜬다는 사실을 알았다.

입금을 했으니, 할 일을 다 했고 더 이상 접촉하고 싶지 않다는 뜻인 것이다.

이왕 할 일이었다면 자신의 일처럼 진지하게, 그리고 적극적으로 해 주었다면 작은 것에도 감동하는 내게 큰 기쁨을 주었을 텐데.

안타까운 공무원.

- 주변에 공무원이었던 친구도 있고, 절친한 공무원 지인들도 있지만, 행정 업무로 만
  난 그들은 나를 많이도 가슴 아프게 했다. 열의 생각

생과 삶의 지혜

위기의식 속의 삶

개구리는 주위 온도에 따라서 자신의 체온이 변하는 변온동물이다.

따라서 비커의 물속에 개구리를 넣고 서서히 온도를 높이면 자신도 주변의 온도변화를 감지하지 못하고 천천히 죽어가지만, 뜨거운 물 속에 개구리를 던지면 뜨거움에 즉시 반응하며 펄쩍 뛰어올라 살려고 뛰쳐나온다.

인간은 스스로 변화하려는 것에 게으른 동물로 주변 환경에 그저 잘 적응하며 살아가려는 기본 욕구를 가지고 있어 스스로 몰락의 길을 걷고 있는지를 잘 깨닫지 못한다.

개혁에 저항하려는 관료 조직들이 그렇듯 주변의 환경 변화에 둔하면 몰락의 길을 걸을 수밖에 없음을 알아야 한다.

항상 위기의식을 가져야 한다는 사실은 미꾸라지 양식장에서도 볼 수 있다.

미꾸라지 양식장에 미꾸라지의 천적인 메기를 한 두 마리 풀어놓은 양식장은 그렇지 않은 양식장에 비해 수확기에 결실을 대조해보면 살이 토실토실하고 더욱 생기가 도는 것은 적절한 위기의식 속 미꾸라지 삶이 더욱 알찬 것과 같은 이치인 것이다 지금 나의 하루하루 삶이 비커의 물속 환경과 같이 스스로 몰락의 길을 걷고 있는지, 메기 없는 미꾸라지 삶인지, 항상 주변의 변화를 모니터링하고 성공하는 자와 비교, 벤치마킹하여 끊임없이 노력하고 변화하려는, 즉 Comfort Zone을 벗어나 스스로 자신을 어려운 상태로 몰아가려는 극기의 노력이 필요하다.

그는 S대를 졸업한 수재였다.

남들이 부러워하는 대기업에서 무역을 담당하며 몇 년을 버티는가 싶더니, 상관과 마음이 맞지 않는다며 이내 뛰쳐나오고 말았다.

그래도 대기업에서 배운 것이라고는 세계 이곳저곳에서 싸고 신기한 제품을 들여와 팔고, 국내 제품들을 해외에 팔기도 하는 일종의 세계시장을 무대로 하는 잡화상인 셈이다.

직접 해외에서 면세품을 사 들고 들여와 남대문 시장에 파는 보따리 장사꾼이라고도 할 수 있다.

그래도 가족을 꾸며 명색이 두 자녀를 둔 가장이다 보니 평생을 휴일도 없이 전국을 뛰어다녔다.

발품이라도 팔아야 입에 풀칠이라도 하는 처지다 보니 하루하루가 힘든 삶이다.

수십 년을 그렇게 살아왔으니, 친구나 가까이 지내는 지인도 없이 어쩌다 동문회에서 간간이 들려오는 소식은 그의 생활에 변화가 전혀 없는 발로 뛰는 인생이 되어 버렸다.

하루 사이에 세상이 바뀌었다.

코로나가 터지면서 모든 일상이 바뀌어버렸고, 그에게는 인생의 황금 대박이 터졌다.

돈 안 되는 잡화상을 취급하다 보니, 우연히 취급하고 있던 마스크, 장갑, 소독제, 주사기 등등 의료용 잡화가 히트 상품이 되었고 홀로 뛰던 사무실에는 직원이 10여 명 가까이 늘어 제법 기업가로 변해 가고 있었다.

코로나 기간 중 남들 평생 벌 돈의 몇 배를 벌면서, 그의 긴장감도 위기의식도 점점 풀리고 있었다.

동문회에 기부자로 이름을 올리는가 하면, 스스로 호스트가 되어 모임을 자주 만들기도 하고 그의 변화된 일상이 화젯거리가 되기도 하였다.

그의 화젯거리가 일 년하고도 몇 개월을 넘기는가 싶더니, 이번에는 동창회 알림 방에 부고장이 올라왔다.

본인 상이다.

소문은 꼬리에 꼬리를 물고 췌장암 말기라는 둥, 여자가 생겼다는 둥, 생활이 비정상적이었다는 말들과 함께 그는 그렇게 빨리 떠나고 말았다.

안타까운 일이지만, 우리 주변에는 인생의 막바지에 긴장의 끈을 놓으면서 슬픈 삶을 이어 가고 있는 경우가 많다.

"우리 막둥이만 시집보내면 되는데, 우리 막둥이만 가면 돼."

그렇게 만나는 사람마다 신랑감 좀 부탁한다며, 넋두리하던 동네 아저씨가 정작 막내딸을 시집보내고는 몇 달이 지나지 않아 뇌졸중으로 쓰러지고 말았다.

먼 곳을 행하는 배가 순풍에만 의존한다면 지루하고 스토리 없는 무의미한 항해이지만, 사투를 벌이는 풍파야말로 극도의 긴장 속 극적인 스토리를 만드는 것처럼 차라리 고난 속 인생의 기쁨이 있다고 한 니체의 말이 떠오른다.

- 늙어가면서 항상 위기의식을 가져야 하는 이유는 인생을 살면서 약간의 스트레스와 긴장감은 삶을 좀 더 알차게 하기 때문이다. 열의 생각

직관의 힘과 오류

직관이란 사전적 의미로는 사물이나 현상을 접하였을 때에 설명이나 증명을 하지 아니하고 진상을 곧바로 느껴 아는 감각을 말한다.

대다수의 경영자가 의사결정을 할 때 사전 토의나 남의 말을 경청해 보고 의사결정하는 것이 아니라 70~80%는 직관에 의존한다고 한다.

그러니 직관이 경영에 있어서 얼마나 중요한 것인가.

사람은 아침에 일어나서 좀 더 잘까 말까에서부터 아침을 거를까, 무얼 먹을까 등등 하루에도 200~300가지의 의사결정을 무의식중에, 즉 직관에 의존하여 결정한다고 한다.

직관은 자신이 살아오면서 스스로 경험한 사실이나, 간접적으로 듣거나 보거나 독서 등을 통해 얻은 지식을 바탕으로 스스로 가치 기준을 만들고 이를 기준으로 모든 것을 판단 무의식적으로 결정해 버리는 것이 직관의 기초이다.

확증편향 또한 이러한 자기 자신의 가치기준에 위배되거나 반하는 내용이나 주장에 대해서는 잘 들으려 하지 않고, 자신의 기준에 부합하는 주장에 대해서만 들으려 하는 경향을 말하는데 경영에 있어서 상당히 위험한 것이다.

이러한 직관으로 무의식중에 결정한 대로 식사하고 행동하고 판단하다 보면 이것이 습관이 되고 생활의 일부가 되어 젊어서 병을 앓거나, 나쁜 길로 빠져 들거나, 경영상 판단의 오류를 범하는 것이다.

아주 중요한 일에 의사결정이 필요하다면 내가 틀릴 수 있다는 생각과 빠르게 변하는 시대의 흐름에 내가 갖고 있는 지식은 이미 쓰레기가 되어가고 있다는 생각을 늘 갖고 있어야 한다.

남들의 의견 특히 다방면에 지식을 갖고 있는 다양한 사람들로부터 의견을 경청할 필요가 있다.

나와 다른 의견을 제시하거나 좀 틀린 제안을 했더라도 절대로 무시하거나 반박해서는 안 되는 이유이다.

자연스럽게 토론하고 서로가 주장하는 가운데 다 같이 공감하는 결론을 만들어 자연스럽게 결론을 도출해내는 지혜가 필요하다.

그렇다고 직관을 버리고 모든 의사결정을 토론이나 협의에 의존하여 결정하기엔 경영환경이 허락하지 않으며 여전히 상당수의 의사결정은 직관에 의존하는 수밖에 없다.

바람직하고 이상적인 직관을 유지하려면 항상 겸손한 자세로 내 것을 버리고 새것을 배우려는 마음가짐이 중요하다.

우리는 늙어가면서 거의 모든 의사결정을 직관에 의존한다.

나이가 많다는 이유로 집안의 가장이라는 이유로 결정권을 쥐는 경우가 많다 보니 더욱 직관에 의존하게 되는데 이러한 직관이 확증편향에 치우치게 되면 꼰대 소리를 듣게 되는 것이다.

늙어갈수록 새로운 것을 배우려는 자세가 필요하고, 위든 아래든 남의 말에 귀를 기울이는 경청의 자세가 필요한 이유이다.

자식들이 아빠 말을 들어보자는 인사성 발언에 넘어가서도 안 되며, 슬며시 의사 결정권을 자식들에게 넘겨주는 미덕이 필요한 것은 늙어가면서 절대로 꼰대라는 소리를 들어서는 안 되기 때문이다.

- 어느 날 나도 꼰대가 되어가고 있는 것은 아닐까, 열의 생각

승부의 세계, 치열하게 살아야

인간은 태어날 때부터 상상을 초월하는 경쟁을 뚫고, 억세게 운 좋게 맞이하는 세상인 만큼 치열하게 살아야 한다.

약 3억 대 1의 경쟁률이라지만 1등 그룹의 정자들은 난구세포를 제거하는 과정에서 탈진하여 죽게 된다고 하니, 억세게 운도 좋아야 생명줄을 잡는 것이다.

인생이라는 프로의 세계에서 변화와 경쟁을 두려워 마라.

승부의 세계를 두려워 말아야 한다.

어차피 디지털 세상에서는 승자 독식의 시대이고, 건설업과 같은 수주산업에서는 1등만이 있을 뿐, 2등은 살아남을 수가 없기 때문이다.

프로의 세계는 더욱 냉정하다.

메이저 리그 선수들은 전용 전세기를 이용하고 특급호텔에 묵으며 평균 연봉 50~60만 달러를 받는 반면, 마이너 리그 선수들은 주로 버스를 이용하고 모텔에 묵으며 평균 연봉 1만 달러로 메이저 리그 선수와는 60배 정도 차이가 난다.

전북 완주군의 차사순 할머니는 2005년 4월부터 5년 넘게 960번의 도전 끝에 운전면허증을 따내 "의지의 한국인"이라는 이름으로 뉴욕타임즈 등 해외 언론에 소개되었는데, 주변 사람들의 포기하라는 만류에 대해 "포기? 난 그런 거 몰러"라 답했다는데 포기하는 순간 실패인 것이고, 포기하지 않는 한 실패란 있을 수 없는 진행형인 것이다.

미국 메이저 리그의 홈런왕 베이브 루스는 23시즌 동안 714개의 홈런을 기록한 반면, 1,330개의 삼진아웃을 당해 달리 보면 삼진왕이었으며, 행크 아론 역시 23시즌 동안 755개의 홈런을 쳐 홈런왕에 올랐으나, 1,338개의 삼진 아웃을 당해 화려한 이력 뒤에는 수많은 도전이 있었던 것이다.

"자기 자신만큼 어려운 적은 없다. 그러니 자기에게 이기는 자는 적이 없다. 타인을 이기려 하기보다 우선 자기 자신을 이겨라. 그리고 사회와 싸워라" 탈무드에 나오는 말이다.

> "적은 밖에 있는 것이 아니라 내 안에 있었다. 나는 내게 거추장스러운 것들은 모두 쓸어버렸다. 나를 극복하는 순간 나는 징기스칸이 되었다"
>
> — 태무진

> "세상에서 성공한 자들의 비결은 그들이 항상 옳기 때문이 아니라 긍정적이기 때문이다."
>
> — 데이비드 랜드

"두려움은 본능이야. 없앨 수 있는 게 아니지, 두려움을 자연스럽게 받아들이고 이겨 내야 하는 거야." 영화 "The Good Dinosaur"에 나오는 대사이다.

성공으로 이어지는 길은 제한 되어있고, 많은 사람들이 성공을 원하는 이상 경쟁은 피할 수 없는 현실이고, 어차피 인생이 승부의 세계로 피할 수 없다면 이를 즐거야 한다.

계속 도전해야 하는 것이다.
포기하는 순간 실패요, 승부를 두려워하지 않고, 지속적으로 도전하는 한 성공의 과정에 있는 것이다.

늙어가면서 작은 도전이라도 없다면, 죽는 날만 기다리는 것과 무엇이 다른가?

- 치열하게 살아온 젊은 날들을 생각하며, 열의 생각

스토리가 있는 삶

> "럭셔리한 삶은 소유로 판단하지 않고 스토리 텔링을 얼마나
> 갖고 있나 즉 가장 부유한 삶은 이야기가 있는 삶이라네."

이어령 교수가 한 말이다.

이야기가 있는 삶이란 무엇인가?

평생 단순 반복된 일상에서 하루하루 변화 없이 살아가는 사람에게 무슨 이야기가 있겠으며, 전문 직업인으로 평생 집과 직장만 오가는 사람들에게는 또한 얼마나 많은 이야기가 있겠는가?

이야기가 있는 삶이란 아마도 인생을 길게 사는 것보다는 많이 살아야 한다는 것과도 같은 말일 것이다.

어제, 오늘 그리고 내일이 반복되는 동일한 삶이라면 1년을 살든 100년을 살든 이야기는 몇 줄에 그칠 것이다.

많이 산다는 것은 반복되는 일상 이외에 다른 많은 경험을 가져 봐야 한다는 것이다.

아무것도 하지 않으면 멈추고 만다.

체력이 있는 동안 다양한 것에 도전해야 한다.

하지만 짧은 인생을 살면서 다양한 것에 도전하고 많은 경험을 갖는

다는 것은 실로 어려운 일일 것이다.

여기서 경험은 직접적인 경험과 간접적인 경험을 포함하는데, 간접적인 경험이란 책을 통한 경험이다 보니 책을 많이 읽어야 한다는 원론적 이야기가 된다.

책도 많이 읽어야 하지만, 여행을 통해 다양한 경험을 많이 하고, 여러 사람들과 대화도 나누어 보고 내가 살아온 길과는 다른 길을 걷고 있는 삶에 대해서도 관심을 가져야 하는 이유이다.

그래야 내가 타인과 다르다는 것을 보일 수 있는 것이다.

그렇지 않으면 그건 '떼'로 사는 것. 그냥 무리 지어 사는 것과 다름이 없다.

무리 중의 그렇고 그런 놈이 아니라 남다르고 유일한 놈이 되라는 건데, 내가 유일한 존재일 때 비로소 남을 리드하고 이끌어갈 수 있는 것이다.

남과는 다른 내가 아닌데, 무리 중의 그렇고 그런 한 놈이라면 어떻게 남을 끌어안고, 이끌어 갈 수 있겠는가.

내 인생 이야기는 내가 만들어 가는 것이고, 이왕 만드는 이야기라면 남들과 다른 좀 더 멋진 이야기, 9회 말 역전 드라마와 같은 인생 이야기라면 더욱 좋다.

아무리 시시해 보이는 사람도 이 세상을 사는 모든 사람은 각자가 세상의 중심이며, 누구나 자신이 자기 인생 이야기의 주연이고 다른 사람들은 그들이 아무리 대단하다 하더라도 나의 삶에 조연과 단역, 엑스트라일 뿐이기 때문이다.

그 누구도 자기 삶의 이야기에서 악당은 아니다.
우리는 모두 자신의 이야기에서 영웅이다.
그렇기에 인생에 좀 더 색다른 이야기를 만든다고 남에게 피해를 주거나, 함께 사는 사회에 악이 되는 이야기를 만들어서는 안 되는 이유이다.

인생에 있어 좀 더 다양하고 많은 이야기, 좀 더 멋진 이야기를 만들어가는 인생이야말로 좀 더 가치 있는 삶이 아닐까?

극적인 스토리가 있는 삶이란 단순히 편안하고 안락한 생활에 안주하는 것이 아니라, 목표를 설정하고 끊임없이 자신의 한계에 도전하고 시련을 극복하며 성장해가는 과정에 만들어진다.

- 훗날 옥황상제께서 "너는 어찌 살았는가?"라고 묻는다면, 어떤 스토리의 삶을 말해야 하나 고민해 보며, 열의 생각

꿈

"꿈은 이루어진다."

한국 축구 4강의 기적을 이룬 2002년 월드컵 대회 기간 중 상암 경기장에 붉은 악마가 내건 슬로건이다.

혼자 꾸는 꿈은 꿈이지만, 다 같이 꾸는 꿈은 현실이 된다.

잠을 자면 꿈을 꾸지만, 잠을 이기면 꿈을 이룬다.

그만큼 꿈이 간절하다면 이루어진다는 말일 것이다.

꿈은 달리 표현하자면 희망 또는 Vision이다.

작은 꿈이든 큰 꿈이든 같은 양의 에너지가 필요하다면 왜 큰 꿈을 꾸지 않는가?

조직이나 회사라면 조직의 큰 그림 즉 Big Picture를 그리고 그에 걸맞은 Vision을 설정하되 조직 내 개개인의 Vision과 일치하도록 공감대가 형성되어야 하고 이를 성취하기 위한 미션이 수립되어야 한다.

한때 소장들을 상대로 한 리더십 강의에 많이 사용하던 말이다.

"꿈꿀 수 있다면 무엇이든 이룰 수 있다."

디즈니가 내건 슬로건이다.

"우리는 큰 꿈을 좇고 그 대가를 치르든가, 다른 사람들에게 미움받지 않고 무난하게 어울리기 위해 자신의 야망을 줄이거나 포기하던가 둘 중 하나를 선택해야 한다.

평범한 것을 추구하는 데는 쉬운 방법들이 많다. 하지만 위대한 것들은 쉽게 얻어지지 않는다."

이스라엘 9대 대통령 시몬 페레스가 한 말이다.

1910년 12월 14일 아문센 탐험대의 인류 최초 남극 정복 이후, 1911년 두 번째 남극 정복을 이룬 로버트 스콧 탐험대는 귀환 도중 모두 사망하였는데, 그의 일기장에는 "우리는 신사처럼 죽을 것이며, 모든 꿈은 사라졌다"라고 쓰인 반면, 1914년 세 번째 남극 탐험에 나선 어니스트 새킬턴 탐험대 27명은 전원 실종되어 2년간에 걸친 극한 상황 속에서 전원 생존 귀환하는 데 성공했다.

훗날 그의 자서전에서 "나와 대원들 모두는 남극 얼음 속에서 2년간 갇혀 지내면서 단 하루도 꿈을 버린 적은 없었다"라고 회고하였다.

꿈을 포기하는 자와 포기하지 않는 자의 차이가 행동의 차이를 낳고 엄청난 결과의 차이를 낳고 만 것이다.

"장님으로 태어난 것보다 못한 것이 무엇일까요?"라는 질문에 "시력은 있지만 Vision이 없는 것이죠."라고 답한 헬렌 켈러의 말을 빌지 않더라도 우리는 꿈을 잃지 말아야 한다는 사실을 잘 알고 있다.

"행동 없는 비전은 꿈이요, 비전 없는 행동은 시간 낭비다. 행동 있는 비전이 세계를 바꿀 수 있다." 조엘 바커의 말이다.

하루 종일 먹고 자는 것 이외 꿈이 없는 동물들과는 달리, 우리는 꿈이 있고 이를 이루기 위한 노력이 있기에 만물의 영장인 인간인 것이다.

"영원히 살 것처럼 꿈꾸고, 내일 죽을 것처럼 오늘을 살아라."

그런 삶이 비록 성공적이지 않더라도 후회 없는 삶이라는 것임에는 의심의 여지가 없다.

늙어 가면서 꿈도 작아지고, 인간의 삶을 이끄는 가장 근본적인 힘이라는 "인간의 5대 욕구(생리적 욕구, 안전의 욕구, 사회적 욕구, 존경의 욕구, 자아실현의 욕구 / 심리학자 아브라함 매슬로우)" 또한 점차 줄어만 간다.

이러한 현실 속에서도,
"나이를 먹는 것만으로는 늙지 않는다. 꿈을 잃었을 때 비로소 늙는 것이다."라는 사실을 잘 알기에, 꿈을 버리지 못하는 이유이다.

- 지금 이 순간 "나의 꿈, 나의 Vision은 무엇인가"라는 자신의 질문에 고민하며, 열의 생각

열정

GE의 최고 경영자 잭 웰치에게 물었다.

"리더십이란?" 질문을 받자마자 바로 튀어나오는 답이 Passion이다.

리더가 자신이 추진하고자 하는 일에 열정이 없다면 누가 진정 그를 믿고 따르겠는가!

"세상에 열정 없이 이룬 업적은 없다"라고 한 스피노자의 말과 일맥상통하는 말이다.

불안의 꽃 '앙스트블뤼테'.

경매가가 수십억 원씩 하는 스트라디바리우스 바이올린과 같은 명기들은 과연 무슨 나무로 만들어졌을까?

현이 내는 건조한 소리에 아주 깊은 울림을 주는 나무 재료는 바로 전나무이다.

그런데 전나무는 환경이 아주 열악해져 생명이 위태로워지면, 죽기 직전에 마지막으로 화려하고 풍성한 꽃을 피워낸다.

이를 일컬어 독일어로 생물학적 용어인 Angst(불안)+Blute(만개, 개화) 즉 앙스트블뤼테(Angstblute) 라고 한다.

죽음에 직면하는 순간 온 힘을 다해 생명 에너지를 뿜어내어 죽음의 운명과 정면승부를 하는 삶이야말로 열정적인 삶이 아닐까?

불멸의 음악가 베토벤.

천재적 재능 덕에 어릴 적부터 세계적인 명성을 얻었지만, 1800년에 27세의 나이로 청력을 잃고 만다.

이에 비관하며 1802년에 유서를 쓰고 죽기를 결심하지만, 위대한 창조의 꽃은 그때부터 피기 시작했다.

교향곡 3번 영웅, 5번 운명, 피아노 소나타 열정, 협주곡 황제가 청력 손상 이후 탄생한 위대한 곡들이다.

죽음을 목전에 두면서까지 작곡의 끈을 놓지 않았던 그의 열정적인 삶.

단 한 번뿐인 인생을 살아가면서 대충대충 살아간다면 이 얼마나 아까운 인생인가?

모든 일에 최선을 다해야 하는 이유이다.

우리 속담에 "제 것 주고 뺨 맞는다"라는 말은 남에게 잘해 주고도 해로움(욕)을 당하는 경우를 말한다.

이왕 줄 바에 상대방이 감동을 받을 정도로 화끈하게 주어야 한다.

이왕 살 바에는 열정적으로 살아가야 하는 이유이다.

"이만하면 됐지"라고 생각하는 순간 성장은 여기까지.

독일 슈투트가르트 발레단의 수석 발레리나 강수진 씨의 말이다.

하루에 15시간 이상을 달빛과 함께 춤을 추며, 한 시즌에 토슈즈를 200개에서 250개를 버려야 했을 정도로 연습에 매달리며, 발이 너무 아파 토슈즈 안에 생고기를 넣고 연습했을 정도이면서도 아침에 일어나 몸이 아프지 않으면 스스로를 반성하게 된다는 그녀의 열정적인 삶에 경의를 표하지 않을 수 없다.

전설의 명마 '세크리테리엇(Secretariat)'.

경주마들은 조련사의 혹독한 시험을 통해서 걸러진다.

백 마리의 말들을 땡볕에서 일주일 동안 물도 안 먹이면서 맹훈련을 시키는데, 타들어가는 목마름에 하나둘씩 쓰러져갈 무렵 말들을 호숫가로 데려가면 말들은 미친 듯이 물을 향해 달려가게 된다.

이때 조련사의 호각 소리. 휘~익. "돌아오라."

모든 말들은 호각 소리를 무시했으나 유일하게 돌아 나온 말이 바로 세크리테리엇이었다.

이렇게 다른 말들과 달랐던 세크리테리엇.

1973년에 캔터키 더비, 프리크니스 스테익스, 벨몬트 스테익스 의 3관왕을 이루며 트리플 크라운을 달성하였다.

이때 세크리테리엇이 세운 2,000미터 1분 59초는 아직 깨지지 않는 세계 신기록으로 그 힘은 '초 절제력'으로 만들어진다.

목마름 이란 이름의 열정은 무엇인가를 열망하고 도전하게 만드는 원동력이며 역사는 언제나 목마름으로 열정을 바친 사람들에 의해 만들어져 왔다. 이 목마름의 열정을 놀라움으로 승화시켜 주는 열쇠는 절제력에 있다.

메멘토 모리(죽음을 기억하라).

절대 묵언을 지켜야 했던 트리피스트 수녀원에서 딱 한 가지 허용된 말이며, 로마시대 개선 행진할 때 외치던 말, 죽음을 기억하라. "메멘토 모리".

사형수에게 두 눈을 가리고 양손을 묶은 다음 손목을 칼로 그어 피를 한 방울씩 흘리며 고통스럽게 죽어갈 것이라고 얘기한 후, 실제로는 칼로 상처를 내는 시늉만 하고 실제 피가 아닌 물방울 소리만 들려주었는데도 다음 날 아침 실제로 죽어 있었다.

이렇게 어떤 것이 해롭다는 암시만으로도 실제로 최악의 결과를 초래하는 현상을 '노시보 효과'라 한다.

이와는 반대로 환자에게 몸이 호전될 것이라며 가짜 약을 진짜 약이라 속여 먹게 했을 때 실제로 호전되는 현상을 '플라시보 효과'라 한다.
이를 긍정의 힘이라 하는데 열정이 있는 사람은 긍정의 힘을 굳게 믿는다.

오늘 죽어도 후회가 없을 만큼 최선을 다하며 열정적으로 사랑하고, 열정적으로 하루를 살아가는 것이야말로 우리의 죽음을 가장 빛나게 하는 것이다.
"오늘 내가 헛되이 보낸 하루는 어제 죽어간 사람이 그토록 원했던 내일이다" 라는 소포클레스의 말을 기억하라.

열정적인 삶을 만들어 가기 위한 동기부여는 끊임없는 도전이다.

새로운 목표에 대한 도전.

성취를 위한 끊임없는 도전이야말로 좀 더 가치 있는 열정적인 삶이 아닐까.

불가능을 가능하게 하는 것은 기적이 아니라, 우리의 가슴속에 타오르는 열정이다.

열정 없이 이루어진 명작, 명품은 없다.

자신의 인생을 명작으로 만들어 가기 위한 유일한 방법은 열정뿐이기 때문이다.

지금, 당신에겐 뜨거운 열정이 있는가?

- 어느 날 아직도 내게 열정은 살아있는가 반문해 보며, 열의 생각

우리의 앎

1500년대 코페르니쿠스가 지동설로 천동설을 반박하며, 감옥에 갈 때까지 아리스토텔레스를 포함한 수많은 철학자, 과학자들이 내 눈에 보이는 사실만으로 우주 삼라만상이 지구를 중심으로 돌고 있다고 주장해 왔고, 반세기 훗날 피사의 사탑에서 낙하 실험을 해 가며 지동설을 주장했던 석학 갈릴레이조차 우스꽝스럽게도 단테가 묘사한 지옥의 모습에 대한 특강을 했다고 하니(훗날 침묵), 그것이 그 시대 사람들의 앎이었음을 우린 잘 안다.

십자군 전비와 대성당 건축 자금을 모으기 위해 면죄부를 팔던 16세기, 대다수 시민들은 없는 돈을 아끼고 아껴가며 면죄부를 샀고, 교황으로부터 파문 처분을 받은 마르틴 루터의 95개 반박문이 종교개혁의 시초가 되었지만 그 후로도 400년 이상 인간이 만든 신에 의해 인간은 철저히 지배받아왔고 모든 세상의 질서, 규제, 규칙 그리고 법은 인간이 만든 신에 의해서 움직이는 세상이었다.

니체가 〈짜라투스투스는 이렇게 말했다〉에서 "신은 죽었다"라고 말할 때까지도 대다수 사람들의 앎은 신의 지배하에 있었다.

최근 지구 온난화로 빙하가 녹아내리면서 수백만 년 된 박테리아들이 줄줄이 소생되고, 우리 몸속의 박테리아 중 99%는 아직 평화롭게 공존하지만 환경 변화에 어떻게 돌변할지 모른다 하니 우리는 몸에 대해서도 별로 아는 게 없다.

내 눈에 보이는 세상, 내가 듣고 배운 것이 전부인 것처럼 행동하지만, 세상만사(삼라만상)는 대다수 나의 모름과 내 눈에 비쳐지지 않은 것들로 움직인다.

이렇듯 잘못 알고 있던 모름, 알지 못한 모름, 알 수 없는 모름 등 모름에 비해 우리의 앎이 얼마나 초라한가?

겸손한 마음으로 모름을 상기하며, 우리의 앎을 돌아봐야 하지 않는가.

"삶이 그대를 속일지라도 슬퍼하거나 노하지 마라"는 푸쉬킨의 시구처럼 과연 삶이 우리를 속이던가?

만약 삶이 우리를 속인다고 생각했다면, 그것은 삶과 앎이 불일치하는 데서 비롯된 착각이 아닐까?

그리고 그 불일치의 책임은 삶이 아닌 앎에 있는 것이 아닐까.

내가 삶을 사는 것이 아니라 삶이 나를 사는 것이기에 속이고 말고 할 것이 없다.

정의와도 같이 굳게 믿었던 우리의 앎이 시대가 흐름에 따라 쓰레기로 변했음에도 고집불통의 꼰대라는 소리를 들어가며 우리의 앎을 고집하고 있지는 않은가,

우리가 늙어가면서 더욱 좌, 우 편향으로 치우치며 꼰대가 되어가는 이유 중 하나는, 개인의 주관에 의한 선택적 사고방식으로 자기 논리와 고정관념에 벗어나지 못하는 선입견 때문에, 보고 싶은 것, 믿고 싶은 것만 믿는 인지적 편견인 '확증편향'을 누구나 가지고 있기 때문이다.

더욱이 불완전한 지식으로 우리를 또 다른 꼰대로 만드는 것 중엔 "결함 있는 믿음(Flawed Belief)"이라는 것이 있다.

벌과 파리란 놈을 두고 한 실험이다

파리보다는 벌이란 놈이 똑똑해서 빛을 보고 출구를 찾는 능력이 뛰어나 유리병 안에 벌과 파리를 넣고 병 입구 쪽에서 빛을 비추면 벌은 바로 빠져나오지만, 파리는 한참을 계속해서 이리저리 부딪히며 시행착오 끝에 운 좋으면 탈출하게 된다.

하지만 병의 입구 반대쪽 바닥에서 빛을 비추면 파리는 요행에 따라 탈출하지만 벌은 영원히 갇히게 된다.

이를 Flawed Belief라고 하는데, 수많은 새 정보가 쏟아지는 정보화 시대 어제의 지식이 오늘은 쓰레기로 변하고 있음에도 자신의 얕은 지식을 고집하는 우리는 병 바닥을 쫓고 있는 벌인지도 모른다.

즉 우리는 우리의 초라하기 그지없는 앎으로 삶을 재단하려고 했을 것이라 생각한다면

우리의 앎이 우리를 속이고 있는지도 모른다.

속이는 것도 앎이요, 속는 것도 앎인 것이다.

앎이 이처럼 우리를 속일지라도 모름에 둘러싸인 우리는 지혜의 길을 더듬어가야 할 것이다.

지혜는 속이기도 하고 속기도 하는 앎인 지식과는 다르다.

지식, 즉 앎은 우리에게 편리함을 주는 것 못지않게 우리를 가두고 속이니 삶을 힘들게 한다.

하지만 지혜는 이런 삶의 문제를 풀어보려는 시도에서 나온 깨달음인데, 단순한 정보로 추려지는 앎을 넘어서 삶으로 들어가 더듬으며 새롭게 일구어내는 길이니 통찰이라고 한다.

지식은 자신이 아는 것을 자랑하지만,
지혜는 자신이 모르는 것 앞에 겸손하다.

고집불통의 꼰대 소리를 듣지 않고 통찰을 도모하려면 항상 앎에 대한 겸손한 마음으로 상식의 허점을 들추는 발상의 전환이 필요하다.

희미해져 가는 기억 속에 예전에 읽고, 듣고, 보고, 느끼며 메모해 둔 좋은 글들이 작금의 시대에 쓸모없는 쓰레기로 변해가는 안타까운 현실과 나의 앎을 바탕으로 고집부리다, 나 자신 스스로 부끄러워하는 꼰대를 발견하고 나의 얄팍한 앎에 대한 겸손한 통찰을 글로 적어본다.

- 이제 곧 70인데, 열의 생각

목계(木鷄)

"나무로 만들어진 닭"이라는 뜻으로, 상대의 온갖 도발에도 동요하지 않고 평정을 유지하는 상태를 말한다.

목계라는 말은 장자의 달생 편에 나오는 투계(싸움닭)에 대한 우화에서 비롯되었다고 하는데, 투계를 좋아하던 중국의 어느 왕이 투계 사육사에게 최고의 투계를 만들어 달라고 요청하였다.

10일이 지난 후 왕은 사육사에게 닭이 어떠하냐고 묻는다.

"닭이 강하긴 하나 교만합니다. 교만이 없어지지 않는 한 최고의 투계는 아닙니다."

다시 10일 뒤에 왕의 질문에,

"교만함은 버렸으나, 너무 조급해 진중함이 없습니다."

다시 열흘 뒤에는,

"눈초리가 너무 공격적이어서 최고의 투계는 아직 아닙니다."

다시 10일이 지나 왕이 묻자,

"이제 된 것 같습니다. 다른 닭이 아무리 도전해도 움직이지 않아, 마치 나무로 만든 목계와 같습니다.

어느 닭이라도 그 모습에 기가 죽어 도망칠 것입니다."

어느 분야에서든 최고의 경지에 오른 사람들, 그들은 대다수 목계와 같은 모습으로 비춰진다.

고수의 경지에 올랐지만, 아직 자신의 부족함을 스스로 느끼며 겸손하고 나타내지 않으며 조심스레 행동한다.

산의 정상을 향하는 수많은 길들은 산의 정상에서 보면 하나다.

다른 인생의 수많은 길들을 걸어 정상에 오른 사람들은 서로 분야는 다르지만, 겸손한 마음으로 하나가 될 수 있다.

우리는 그들을 대가(master) 또는 거장(maestro)이라고 부른다.

온몸에 문신을 하고 웃통 벗고 힘자랑하듯 설쳐대는 조직폭력배 세계의 깍두기들을 보면 강하긴 하나 겨우 10일 지난 교만한 싸움닭으로밖에 보이질 않는다.

자식들에게 항상 겸손해야 한다고 이르고, 그 겸손은 자신을 낮추고 비굴한 자세를 보이는 것이 아니라 자신이 스스로 부족함을 느끼고 계속 공부해야 한다는 것을 가르치지만 겸손의 경지에 이르기는 힘들다.

채우려면 비워져야 하는 만큼, 스스로 겸손한 마음으로 비워져야 하기 때문이다.

얄팍한 지식으로 부의 창출을 목적으로 유튜브에 떠들어대는 사람들, 국회에서 매일 싸움질하는 정치하는 사람 중에 아직 목계다운 사람을 본 적이 없다.

슬픈 일이다.

- 국민을 위한다는 명분으로 매일 싸움질하는 국회 사람들을 보며, 열의 생각

부부

부부는 사실 촌수가 없다.

무촌인 관계로 가장 가까우면서도 헤어지면 완전 남남이 되고 마는 것이다.

그렇기에 희로애락과 생사고락을 함께하고 마무리까지 함께 하는 아름답고 훌륭한 동반자가 있는가 하면, 여러 가지 이유로 이별을 택하기도 하고, 자식을 위해 마지못해 함께 하다가 마무리를 짓지 못하고 황혼 이혼을 택하는 동반자도 있다.

훌륭한 동반자로는 고대 트로이 목마의 주인공 오디세우스 부부를 빼놓을 수 없다.

트로이아 전쟁을 승리로 장식한 오디세우스가 집으로 돌아가는 10년간의 긴 여정 속에서 풍요로움 속에서 아름다운 요정들과 영원한 불멸의 삶을 함께하자는 칼립소의 유혹을 뿌리치고, 힘들고 고통스러운 필멸의 삶을 선택하며 그의 아내 페넬로페가 있는 고향으로 돌아가는 오디세우스.

반면 페넬로페는 부부의 의를 가장 잘 지킨 여인으로 기억된다.

지상 최고의 미인인 스파르타의 공주이자 제우스신과 레다 사이에 난 딸 헬레네를 결혼시키기 위해 신랑감을 찾는다는 공표에 40여 명이

각지에서 몰렸고, 이 중에는 오디세우스도 포함되지만, 정작 본인은 헬레네의 사촌이자 이카리오스(스파르타의 왕 틴다레오스의 형제)의 딸인 페넬로페의 우아한 품격과 지혜로운 언행에 반해 그녀와 결혼할 궁리를 한다.

오디세우스는 틴다레오스에게 그의 고민인 39명의 탈락자가 불복하거나 반란을 일으킬까 두려움의 해결책으로 사전에 "누가 선택이 되든 탈락자는 선택자를 축복하고 부부가 위험에 처했을 경우 목숨 바쳐 도울 것을 맹세한 자만이 구혼자의 자격을 가질 수 있다고" 제시하라고 추천하고 대신 자신은 페넬로페와 결혼 할 수 있도록 도와 달라고 요청한다.

이에 틴다레오스는 흔쾌히 응하고, 추후 형제인 이카리오스를 찾아가 페넬로페가 오디세우스와 결혼하도록 설득해 둘의 결혼이 이루어진다.

하지만 오디세우스 역시 구혼자 무리에서 맹세를 한 덕에, 헬레네가 트로이아의 왕자 파리스에게 납치되었을 때 그리스 연합군의 무리에 합류하여 트로이 전쟁에 참전하기 위해 아내 페넬로페와 아들을 남기고 떠나야 할 입장이 된다.

전쟁은 10년, 귀향길도 10년이 지나 20년 동안 오디세우스를 기다리던 페넬로페는 미녀를 손에 넣으려는 야욕 외에 왕권을 차지하려는 욕심을 갖고 있는 수많은 남자들의 갖은 유혹과 협박에 시달리게 되는데, 페넬로페는 수의를 짤 테니 그동안만 기다려 달라고 간청하고 낮에는 베를 짜고, 밤에는 이를 몰래 다시 풀어 가며 시간을 끌고 가정과 왕국을 꿋꿋이 지켜나갔고, 천신만고 끝에 귀국한 오디세우스는 108명의 페넬로페 구혼자를 무찌르고 감격스러운 부부간의 재회에 성공하게 된다.

연예인 부부 중에는 미국의 명배우 폴 뉴먼과 그의 아내 조앤이 단 한 번의 스캔들 없이 50년을 함께 했다.

조앤은 아카데미 여우 주연상을 받은 최고의 배우였으나, 결혼과 함께 배우의 삶을 포기하고 아내 역할에만 매진했다.

"조앤은 나와 결혼하며 많은 것들을 희생했어요."

1978년 폴은 전처와 사이에서 낳은 아들 스콧 뉴먼이 약물 과다 복용으로 사망하자, 자신의 탓인 것 같아 큰 슬픔에 잠긴다.

"남편을 위해 할 수 있는 일이 아무것도 없다는 것이 가장 마음 아팠어요."

이들은 약물 중독자의 치료를 돕는 "스콧 뉴먼 센터", 난치병 어린이 치료를 위한 캠프 등을 설립하고, 약 3,000억 원에 달하는 금액을 기부한다.

"우리는 함께 하면서 점점 더 나은 사람들이 되었어요."

남녀는 각각의 인연으로 만나 행복한 마음으로 결혼하지만, 결혼 후의 행복은 상대를 위한 노력과 희생을 감수하며 만들어 가는 것이지, 저절로 찾아오는 것이 아니라는 사실을 곧 인지하게 되고, 그것을 상대의 탓으로 돌리는 순간 이별의 아픔을 맞이하게 된다.

그런 이유로 다른 이를 찾아 재혼을 하게 되지만, 자신이 바뀌지 않는 이상 재혼의 행복도 오래가지 않는다.

부부간에는 기본적인 의리가 있어야 한다.

그 기본적인 의리는 서로를 존경하는 마음에서 시작되어야 하고, 행복은 서로가 만들어가는 것이기에 상대의 부족함을 탓하지 말고 채워주려 노력해야 하며 작은 것에서부터 찾아야 한다.

소확행.

- 이혼을 상담하려 찾아온 부부들의 한 TV 프로그램을 보면서, 열의 생각

사랑

기독교의 본질적인 신앙인 "믿음, 소망, 사랑 중 으뜸은 사랑이다"라고 말한다.

"인간은 목적이 아니라, 존재 그 자체로 가치가 있다"라고 하는데, 인생의 목적이 있겠는가마는 굳이 자아성취라 한다면, 이를 위해 힘을 불어 넣어주는 동기부여나 삶을 살아가는데 원동력이 되는, 그것은 분명 사랑일 것이다.

사랑은 사전적 의미로 어떤 사람이나 존재를 아끼고 귀중히 여기는 마음으로, 아기에 대한 엄마의 사랑과 같이 사랑의 정도가 크다면 자신의 목숨과도 바꿀 수 있는 존재인 것이다.

사랑의 종류에는 이처럼 모성애 나 부성애와 같이 혈통적인 사랑을 뜻하는 스톨게가 있고, 남녀 간의 이성적 사랑인 에로스, 조국에 대한 사랑이나 친구와의 우정과 같은 팔레오, 그리고 하나님의 사랑과 같이 헌신적이며 희생적인 사랑인 아가페가 있다.

모두 그 대상의 차이가 있을 뿐, 사랑은 삶의 원동력이 되어주고, 행복의 근원이며 세상을 아름답게 해준다.

건강한 사람이 사랑을 주고받는 상대가 없다면 살아가는 의미를 찾기 힘들게 되고, 의욕이 없는 하루하루의 삶은 결국 고독사로 이어지게 되지만, 병이 들어 중환자실에 누워 있는 사람일지라도 가족의 사랑이 있다면 생명의 끈을 놓지 못할 것이다.

평소에 수박조차 들기 힘들어하던 여자가 자신의 아이가 택시에 치여 바퀴에 발이 깔리자 택시의 한쪽 끝을 번쩍 들어 올리는 힘, 불 난 연립주택에서 두고 나온 가족이 있다는 사실에 불기둥 속을 뛰어드는 사람들, 물에 빠져 허우적거리는 가족을 바라보다 수영도 할 줄 모르면서 뛰어 들어가 명을 함께 하는 사람들.

이 모두가 사랑의 힘이 얼마나 위대한지를 보여준다.

"And in the end, the love you get is equal to the love you give."

— 폴 메카트니

결국, 사랑은 주는 만큼 받는다고 하지만, 사랑받기를 기대하며 주는 사랑은 이미 사랑이 아니며, 사랑은 그저 많이 줄 수 있다면 줄수록 좋다.

사랑하는 사람 또는 존재가 있다는 사실 하나만으로도 충분히 우리는 행복하다.

영화 〈Love Story〉의 명대사 한 구절을 상기해 보자.

여주인공 제니퍼가 올리버에게 "미안하다"라고 말하자 올리버는 말한다.

"*Love means never having to say you're sorry*(사랑은 절대 미안하다고 말할 필요가 없다는 뜻이야)."

고대 그리스 트로이아 전쟁의 영웅 아킬레우스의 죽음에는 안타까운 사랑 이야기가 있다.

신생아일 때 이승과 저승 사이의 강인 스틱스강에 몸을 담가 불멸의 영웅으로 만들고자 그의 어머니인 테티스가 그의 발목을 잡고 스틱스강에 몸을 담그는 바람에 발목만 물에 닿지 않아 신의 영역이 아닌 취약점이 되고 말았다는 아킬레우스.

아킬레우스가 트로이아의 영웅 헥토르를 죽이고 잔인하게 시신을 끌고 다니자 이를 슬퍼한 막냇동생 폴릭세네의 원한을 사게 되고, 아킬레우스는 오빠의 죽음을 슬퍼하는 폴릭세네의 모습을 보고 사랑에 빠지게 된다.

폴릭세네는 자신에게 사랑의 눈길을 주는 아킬레우스를 이용, 그의 취약점을 알아내고, 아내가 되는 조건으로 평화 협정을 제안하며 폴리스 신전으로 아킬레우스를 불러들인다.
이때 아킬레우스는 미리 잠복해 있던 트로이아의 왕자 파리스의 화살에 발목을 맞아 죽는다.

연합군의 승리 후 아킬레우스는 그리스군의 혼백으로 나타나 폴릭세네를 제물로 바쳐 달라고 요구하게 되는데, 폴릭세네는 죽음을 두려워하지 않는다.

그리스인의 노예나 종으로 살아가느니, 트로이아의 공주로 명예를 지키고, 아킬레우스의 청을 받아들이고자 죽음을 선택한다.

내심 죽음으로 아킬레우스에 대한 미안한 마음을 씻고, 저승에서 떳떳이 아킬레우스의 사랑을 맞고 싶었는지도 모른다.

우리나라에는 80년대 한때 유행했던 유심초의 '사랑이여'라는 노래가 있다.

"별처럼 아름다운 사랑이여, 꿈처럼 행복했던 사랑이여."

여기에는 실화인지, 지어낸 이야기인지 애틋한 사연이 있는데, 교통사고로 다리가 불편한 부잣집 외동아들과 버스차장과의 못 이룬 사랑 이야기가 그것이다.

K대 국문과 학생으로 통학하는 길에, 안쓰러운 마음으로 시작한 버스차장과의 만남이 사랑으로 발전하게 된다.

둘의 사랑은 그만 학생의 부모에게 들키게 되고, 부모는 받아들일 수 없는 사랑으로 버스회사로 달려가 난리를 치른다.

충격을 받은 버스차장 아가씨는 시골 오빠 집으로 돌아와 식음을 전폐하는가 싶더니, 일주일 후 농약으로 자살의 길을 택한다.

한편 한 달간 집 감금 후 풀려난 외동아들은 버스회사로 찾아가 수소문 끝에 시골집을 찾게 되는데, 뒤늦게 사랑하는 사람이 죽은 사실을 알게 되고, 자신도 그녀의 무덤 옆에서 그녀의 뒤를 따른다.

학생의 품속에 품었던 유서의 내용이 노래 가사 내용이라고 한다.

"우주를 한 사람으로 축소하고, 그 한 사람을 신으로 확대하는 것, 그것이 사랑이다"라고 말한 빅토르 위고의 말이 이해 가는 대목이다.

모임이 끝나고 집으로 향하는 발걸음이 빨라진다. 나를 기다리는 아내가 있기 때문이다.

- 사랑하는 사람이 없는, 나를 기다리는 사람이 없는 집으로 향하는 발길은 어떤 마음일까, 집으로 돌아오는 길에, 열의 생각

중요한 것, 건강

건전한 정신과 사고는 건강한 육체에서 나온다.

세상 저편에서 전쟁으로 하루에도 수백 명이 죽어가고 있고, 가뭄, 화재, 홍수 등 이상기후로 인한 수만 명의 이재민이 발생하였다는 소식을 매일 아침 뉴스로 접하고 있으면서도, 정작 나의 손톱 밑의 상처에 더욱 신경 쓰이는 것은 어찌 보면 당연한 일인지도 모른다.

돈을 잃은 것은 적게 잃은 것이요, 명예를 잃은 것은 많이 잃은 것이지만, 건강을 잃는다면 전부를 잃는 것이다.

하지만 우리는 건강의 소중함을 모른 채 하루하루를 살아간다.

1시간의 소중함을 알고 싶다면, 약속 장소에서 애인을 기다리는 사람에게.

1분의 소중함을 알고 싶다면, 1분 전 기차를 놓친 사람에게.

1초의 소중함을 알고 싶다면, 간발의 차이로 교통사고를 면한 사람에게 물어봐야 하듯이.

죽음을 앞둔 많은 환자들은 어제는 나와 같이 건강의 소중함을 잊고 지내다 이제 그 소중함을 깨닫고 안타까워하는 사람들이다.

하루하루를 보내면서 "급하지만 중요하지 않은 것". 아니, "급하지도 중요하지도 않은 것"에 얼마나 많은 시간을 소비하고 있는가?

건강은 건강할 때 지켜야 한다는 사실을 잘 알면서도 건강은 "중요하지만 급하지 않은 것"이기에 우리는 소홀해지기 일쑤다.

새벽에 제일 먼저 운동으로 시작하는 이유가 건강이 무엇보다 중요하기 때문이다.

"1시간의 투자로 23시간을 건강하게."

이것이 하루의 모토이다.

건강은 유전적 요소, 식습관 등 과도 연계되기에, 운동이 건강을 지키는 유일한 것은 아니지만 하루 중 인내와 고통 속 땀을 내며, 자신을 극기하는 것은 건강한 육체와 정신을 이어가는 유일한 길이기 때문이다.

땀을 통해 독소를 빼내는 인내와 자신을 이겨내는 극기의 시간 없이 핸드폰에 열중하며 설렁설렁하는 운동은 오히려 몸을 망치는 피로만 준다는 사실을 알아야 한다.

하루를 시작하면서 가장 먼저 나의 인생에서 가장 중요하다고 생각되는 건강에 선 투자를 하였다면, 나머지 시간을 그 무엇에 투자하였든 그 인생이 가치 있는 훌륭한 삶이었다고 말할 수는 없지만, 최소한 열심히 살아온 삶이었다고 말할 수 있을 것이다.

- 건강하다면 나의 인생도 아직 기회가 있고 끝이 아니라는 믿음에, 열의 생각

그는 워커홀릭이었다

매일 밤 10시 사무실 한쪽에 불을 밝히고 혼자 앉아 근무하는 친구.

"퇴근 안 하나?"
"먼저 하세요, 문단속하고 퇴근하겠습니다."

밝은 미소를 지어 보이며 그가 던진 말이다.

그렇게 일에만 열중하며 사업관리를 하던 친구가 설계가 끝나고 조달
업무도 60~70% 진행되어 현장에 자재가 입고되고 본격 현장 업무가 진
행되면 자리를 현장으로 옮겨 그의 근무 시간은 변함없이 10시 넘어서
까지 이어진다.

그렇게 그는 상사의 신임을 얻어 사업관리의 총책인 프로젝트 매니저
라는 직책을 얻었지만 그의 근무시간은 여전히 10시를 넘기고 있다.

"김 PM, 일은 밑에 직원에게 맡기고 일찍 퇴근하지?"
"예, 밑에 직원들은 집에 일찍 보내줘야죠."
"김 PM은 집에 일없나?, 집사람이 불만 많을 텐데."
"예, 아내 혼자 잘해요. 집에 가면 할 일도 없어요."
"어머님께서 몸이 좀 불편하다면서."

"예, 뇌졸중인데 아내가 좀 힘들어하지만, 잘 보살피고 있어요."
"집에 일찍 들어가 아내 좀 도와주지 않고?"
"아내 혼자 잘해요. 또 제가 가면 오히려 불편해해요."

그렇게 그는 주말에도 회사에 나와 자리를 지키는 워커홀릭 이었다.
신입사원 시절부터 리더가 된 후에도 그리고 임원을 달고 나서도 그의 근무시간은 바뀌질 않았다.

"김 상무가 쓰러졌어요. 가벼운 뇌졸중인데 병가를 6개월 냈다네요."

퇴임한 지 2~3년 후 들려온 소식이다.
평생 일에 묻혀 살다가 이제 보상을 받아야 할 나이인데 참 안타까운 일이다.

다시 복직했다는 소식이 들리는가 싶더니 퇴직했다며, 퇴임 임원 모임에 참석하겠다는 연락을 받았다.

"김 상무, 몸은 괜찮나?"

퇴임임원 모임의 회장을 맡고 있기에, 걱정스러운 마음으로 전화기를 돌려 보았다.

"예, 좋습니다. 내가 왜 잘려야 하는지 모르겠습니다. 이리저리 일거리 찾고 있어요."

어눌한 목소리가 예전의 몸 상태가 아님을 직감할 수 있었다.

골프를 못 치는 것으로 아는데, 선배님들께 인사한다고 아내를 운전기사로 대동한 채 골프장에 모습을 드러냈다.
골프 실력이 출중한 총무와 함께 플레이하라고 같은 조로 편성하고, 정작 골프가 끝나고 식사시간에 인사를 시키려 했는데 그가 보이질 않는다.
골프도 칠 줄 모르지만, 몇 홀 돌지도 못하고 힘들어해 중간에 포기하고 집으로 갔다고 한다.

훗날 정규모임에 식사 전, 선배님들께 인사하는 자리를 만들어 주었다.
간단히 자기소개를 하는가 싶더니, 횡설수설 반복적인 이야기를 하기에 슬며시 말을 도와주며 끝맺음을 하였다.
아~ 안타까운 인재인데, 너무도 성실하고 착하고 아직 정정한 나이인데.

아직도 카톡 방에 자주 등장하는 그의 인사.

"감사합니다. 반갑습니다."

- 회사 일이 세상의 모든 것인 양 평생을 씨름하며 살아왔는데, 급하지 않다고 나중에 챙겨도 된다고 생각했을까, 안타깝게도 정작 가장 중요한 건강을 잊었다는 생각이다.
열의 생각

친구와의 이별

이십 명도 안 되는 작은 모임의 카톡 방에 오랜만에 메시지가 올라왔다.

"애석한 소식을 전합니다."

순간 아~ 끝내 먼 길을 갔구나 하는 생각이 뇌리를 스치며 허탈감에 빠진다.

몇 달 전 방광암 투병 중이라는 소식이 전해지고, 본인 스스로 카톡 방의 알림이 역할인 총무직을 다른 친구에게 맡아 달라고 요청하는 메시지를 올리더니 그 누구도 응대가 없었다.

다시 메시지가 뜸하더니 증세가 악화되어 중환자실에서 투병 중이라는 소식이 전해지고 완쾌되기를 응원하는 메시지가 줄을 잇는가 싶더니 애석한 소식 전한다는 메시지가 뜬 것이다.

그렇게 그는 우리 곁을 떠나갔다.

만 66세.

누구나가 가야 할 길인 줄 알면서도 먼저 간 사람을 슬퍼하는 것은 다시 볼 수 없다는 아쉬움 때문일까.

암을 조금이라도 조기에 발견했더라면 이렇게 헤어지는 일은 없었을 것이라는 안타까움 때문일까?

향을 지피고 예를 갖추려 영정 사진을 올려다보니 울컥 눈시울이 뜨거워진다.

"야, 열이 왔구나, 우리 사이에 절은 무슨 절. 고맙다."

영정 속 친구는 그렇게 말하는 듯하다.

방광염으로 알고 1차 치료를 받았는데, 1년이 지나고 보니 오진이었고 암이 다른 장기로 전이되어 삶을 이어갈 수 없었다며, 1차 진단 후 큰 병원을 한 번 더 찾아가 봤어야 했다며 안타까워하는 유족의 말에 아쉬움과 함께 그것이 친구의 운명인가 하는 생각이 든다.

그는 학창시절에 있어도 없는 듯 미소만 지은 채 항상 조용한 스타일이었다.

졸업 후 중소기업에서 정년을 마칠 때까지도 연락이 없던 친구가 자식 졸업 후 진로 문제로 연락이 온 것으로 기억한다.

아들이 플랜트 업체에 관심이 있어 취업하려는 데, 플랜트업계에 잔뼈가 굵은 내게 플랜트 업계에 대한 이것저것을 물어봤던 것으로 기억한다.

자신의 인생 이벤트에 대해서는 조용했던 친구가 자식의 진로 문제로 연락이 왔으니 그의 자식과 가족에 대한 사랑을 이해할 수 있을 것 같다.

갈 때에도 자신이 아프다는 말 한마디 없었고, 병원에 입원해 있다는 그의 심각성을 우리는 알지 못했으며, 중환자실로 옮겼다는 소식도 주변을 통해 알게 되었다
갈 때에도 그답게 그렇게 조용히 우리 곁을 떠나갔다.

친구, 고생하셨네.
그동안 무거운 짐 내려놓고 편히 쉬시게.

의롭게 산다는 것

모교 교훈이 "의에 살고 의에 죽자"였다.

누구도 그 의미를 가르쳐 주지도 않았지만, 여기서 의는 사회 통념상 옳은 일, 공정하고 참되며, "의(義)롭다(정의를 위한 의기가 있다)"의 뜻이라는 사실을 누구도 잘 안다.

하지만 주변의 인물들을 보면 참으로 의롭게 살아가는 인물을 찾아보기 힘들다.

자신들의 밥그릇 챙기기 위해 거리로 나선 의사들, 각종 노조들과 수많은 사회 단체들과 같이 조직의 대의는 외면한 채 자신의 미래만을 위해 기본적인 의리마저 저버리는 사람들로 세상은 차고 넘친다.

권력에 눈이 멀어 "국민의 뜻"이라는 이름 아래 민생을 외면한 채 보복의 정치, 탄핵의 정치 그리고 배반의 정치를 일삼고, 권력의 줄을 대기 위해 철새처럼 이곳저곳으로 옮겨 다니고, 실세에 따리 붙기 위해 자신의 색깔을 바꾸어가는 카멜레온 같은 저급한 정치인들을 보면 역겹기까지 하다.

여기서 춘추전국시대 자객다운 자객 예양의 이야기를 들어 보자.

진나라는 지, 조, 한, 위씨 에 의해 파벌이 갈려, 붕괴되고 있던 차에, 이중 가장 힘이 강한 지씨 측 지백이 군사를 일으켜 한, 위와 함께 조양자를 공격하고 수공을 일으켜 조나라 성을 포위 수장시키려 하는 절체절명의 시기에 이르게 된다.

이에 조양자는 재상 장명담을 한강자와 위환자 막사에 잠입시켜, 한, 위를 설득하여 조와 합세하여 지백을 물리치자는 계략을 제시하고 이들로부터 극적인 합의를 이끌어낸다.
새벽 인공저수지의 지백 병사를 죽이고, 수로를 지백 막사 쪽으로 틀어 지백의 진지를 물바다로 수장시키며 배반의 성공적 싸움을 이끌어내게 된다.

조양자는 지백과 원한이 커 그의 해골을 요강으로 사용할 정도였고, 이 소문을 듣고 지백의 수하에 있던 예양이 자신의 주군을 위한 복수를 다짐하게 된다.

죄수들이 낮에 노동을 하는 것을 알고 죄수복으로 위장하여 조양자를 죽이려 하였으나, 발각되어 실패하고 만다.
하지만 조양자는 자신의 주군을 위한 충성심에 감복하여 그를 살려 집으로 보내지만 2차 복수극을 위해 자신의 얼굴을 정형으로 바꾸고, 목소리도 숯을 복용하는 방법으로 바꾸어 가면서 철저한 변장으로 2차 진입 시도를 하게 된다.

한편 조양자는 진양으로 천거하고 자신의 신변보호에 더욱 신경 쓰며 적교 완공식에 참석하게 되는데 보안 검색 결과 적교 밑에 한 노숙자가 술에 취해 잠들어 있을 뿐 이상 없다는 보고를 받은 조양자는 그 노숙자를 불러오라 이르고, 그가 예양임을 직감하게 된다.

예양은 순순히 예양임을 밝히고 자결하라는 조양자에게 마지막 소원으로 조양자의 예복을 하사해줄 것을 요청한다.

그 예복을 허공에 던지고 칼을 휘둘러 삼등분을 낸 뒤 스스로 목에 칼을 꽂고 자결하게 되는데, 조양자도 이후 시름시름 앓더니, 한 해를 못 넘기고 생을 마감한다는 이야기다.

훗날 예양의 충정과 의를 기려 적교를 예양교라 부르게 되었다.

먼 옛이야기는 접어두고라도, 최근 버스 44라는 제목으로 중국에서 영화로도 상영된 실화 하나를 더 살펴보자.

2011년, 중국에서 어떤 여성 버스 운전기사가 버스를 운행하며 산길을 넘고 있었는데, 양아치 2명이 기사한테 달려들어 성희롱을 하였다.

승객들은 모두 모른 척하고 있는데, 어떤 중년 남자가 양아치들을 말리다가 심하게 얻어맞게 되었고, 급기야 양아치들이 버스를 세우고 여성 기사를 숲으로 끌고 들어가 성폭행을 한 후, 여기사와 함께 버스로 돌아온다.

헝클어진 머리와 옷매무새를 바로하며, 버스로 돌아온 여성 기사는 아까 양아치를 제지했던 중년 남자에게 다짜고짜 내리라고 소리친다.

중년 남자가 황당해하면서 "아까 난 도와주려고 하지 않았느냐?"고 하니까, 여기사가 소리 지르면서 "당신이 내릴 때까지 출발 안 한다!"고 단호히 말한다.

중년 남자가 안 내리고 버티니까, 양아치와 승객들이 그를 강제로 끌어내리고 짐도 던져버린다.

그리고 버스가 출발했는데 여기사는 커브 길에서 속도를 가속해서 그대로 낭떠러지로 돌진, 추락하여 전원 사망하고 만다.

의롭게 죽지는 못하더라도 의롭게 살아야 함에도, 여기 버스 여기사보다 못한 우리 주변 인간들이 얼마나 많은가, 남아 있는 여생 모교 교훈을 되새겨 본다.

대의나 정의 그리고 의리는 저버린 채 오직 자신만을 위해 주먹 쥐고 소리치는 사람들.

나의 교훈은 "의에 살고 죽자"이었는데, 당신들의 교훈은 무엇이었소?

- 푹푹 찌는 더위와 짜증나는 세상을 바라보며, 열의 생각

그는 항상 허허실실이다

머리도 좋고, 덩치도 있는 데다가 성격이 모나지 않아 나름의 인기가
있다.

실력은 있지만, 조금은 게으르고 매사에 둔한 곰탱이 기질이 있는 것
이 단점이라면 단점이다.

그 친구가 현장에 왔다.

신입사원 현장 실습 3개월 기간을 채우러 태국 현장으로 배치받아온
것이다.

현장은 개설된 지 얼마 되지 않아 터 파기를 이제 막 시작한 터 라,
조직도 제대로 갖추어진 상태도 아니고 직원도 많은 편이 아니어서 설
계 팀이나 공사 팀 그리고 조달 팀에서 파견 나온 사람들은 제 역할만
고집할 수는 없고, 현장에서 이것저것 1인 2역 이상을 해야 하는 초기
시기인 것이다.

그렇게 인력이 부족한 마당에 그 친구가 공사 팀 소속으로 단기 파견
을 나왔으니 잔심부름꾼으로 인기가 많을 수밖에 없다.

소장은 자신의 팀 소속 신입사원으로 업무에 대한 이해도가 빠르고,
영문편지 작성 등 잔일 업무지시에 따른 그의 보고서가 마음에 들고
마치 비서처럼 그를 활용할 수 있어 여간 흡족한 게 아니다.

그동안 타 부서에서 파견 나온 인력을 이리저리 업무지시 내리기에는 조금 불분명한 잡무를 혼자 처리하느라, 소장으로 바쁜 하루하루였지만 그가 온 후로는 편하기도 하였고 무엇보다 여유가 있어진 셈이다.

그는 영어도 곧잘 해서 현지 업체들에 연락해서 자재 납품 독촉이나 공사 업체 인력 추가 투입 독촉 등 나름 코디네이터 역할도 맡곤 했다.

행동이 좀 굼뜨고 매사 대수롭지 않게 여기는 면이 있어, 지시한 일을 잊고 있어 이를 꾸짖으면 뒷머리를 긁적거리며 헤헤 웃는 얼굴에 욕을 할 수 없어, 소장도 같이 웃어넘기곤 한다.

그 친구가 3개월 현장 실습을 마치고, 몇 달 뒤 다시 현장에 모습을 보였다.

귀국 전 소장의 설득도 있었지만, 파견 수당이 급여의 70~80% 이상 되고 숙식은 무료이니 돈도 되지만, 나름 대학 졸업 후 첫 직장에 첫 해외 근무가 신기롭고 재미가 있었던 모양새다.

공사 팀에서 다시 현장파견을 지원했고, 본사의 업무 경험도 없이 정식 현장 소속으로 파견을 나온 것이다.

신입사원의 경우 통상적으로 2~3년간의 본사 근무 경력을 쌓은 후 가능한 일이지만, 본사에 대한 소장의 압력과 특혜가 있었으리란 생각이다.

그렇게 그 친구의 정식 직장 생활은 태국 현장에서 시작되었다.

단기 파견인 경우 가족 동반이 금지되었으나, 장기파견자의 경우 4개월 만의 휴가와 비행기표 지원을 없애는 대신 가족 동반을 허용하게 되어 그 친구도 소장의 배려로 어린 아들과 아내를 불러들였다.

신입사원이었지만, 캠퍼스 커플로 학창시절에 그만 아들을 얻게 되어 결혼이 빨랐다고 한다.

허허실실 앞날을 그리 크게 걱정하지 않는 곰탱이 기질이 있는 친구였기에 충분히 이해 갈 만한 일이다.

그렇게 그의 현장생활은 1년을 넘기고 있었고, 현장은 피크를 지나 안정화 상황에서 단지 내 또 하나의 사업을 수주하여 공사가 추가되었다.

본사에서 바로 인력 구성 및 지원이 어려운 만큼, 소장은 현장인력 중 선임 부하 직원과 그 친구를 제2 현장으로 보내 초기 현장개설 업무를 맡기게 된다.

그렇게 두 현장은 서로의 업무에 묻혀 단지 내 인접해 있으면서도 서로 간 왕래 없이 바쁜 일정들을 소화해내고 있었다.

그렇게 몇 개월이 지나고, 소장은 조금 여유 있는 시간을 이용해 제2 현장을 찾게 되었다.

제2 현장엔 그 친구가 보이지 않는다.

"김 ○○는 왜 안 보이노?"
"최근에 그 친구 사표 썼습니다."

제2 현장 소장의 대답이다.

"뭐라고? 이제 시작인데 사표를 써?"

"예, 사업주 하청 업체가 태국에 고정 납품을 위해 현지에 공장 세우고 법인 설립하면서 방콕 지점장으로 스카우트되어 갔습니다."

"아니, 젊은 친구가 미래 비전을 봐야지. 주재원 생활이 부러워 중소업체 지점장으로 간단 말이가. 그리고 아무리 젊은 세대라지만, 내게 인사도 없이 그렇게 훌쩍 떠난단 말이가?"

소장은 혀를 끌끌 차면서 괘씸하다는 듯 고개를 절레절레 흔든다.

그렇게 그 친구는 입사 2년 차에, 3년을 채우지도 못하고 회사를 떠났다.

방콕 법인 직원의 입소문을 통해 들어온 그 친구에 대한 평이 안 좋다.

현장 직원 대다수가 어쩌다 방콕이나 단지 내에서 우연히 만나면, 그 친구는 아는 체도 안 하고, 인간성이 없다고 이구동성이다.

방콕에서 주재원 생활하면서 아이도 하나를 더 얻었고, 운전기사를 대동하고 거드름을 떨면서 다니는 꼴이 영 보기 안 좋다는 소문은 들었지만, 소장은 나름 훌륭한 인재로 키워 보려고 주의 깊게 살피고 배려해 왔는데 배신당했다며 쓴소리한 후로는 정작 음식점에서 모른 채 외면하던 그 친구를 두 번 다시 입에 거론하지 않던 분이었다.

그렇게 2년 가까운 세월이 흘러 거의 매일 룸살롱에서 술에 절어 산다는 둥, 골프에 빠져 산다는 둥, 태국 지점 경비사용이 너무나 커서 회사 오너가 노 했다는 둥, 그 친구에 대한 여러 소문이 들려오는가 싶더니, 불쑥 그 친구가 현장에 나타났다.

소장은 이미 단지 내 프로젝트 수가 늘어 4개 현장 전체를 총괄하는 단지 소장(Site Manager)으로 승격한 뒤였다.

사무실 여직원의 안내를 받아 들어오는 그 친구를 보는 순간 흠칫 소장은 놀라는 모습이었지만, 큰 내색 없이 그를 맞이하고 있었다.

그 친구는 소장이 애써 외면하려는데 다짜고짜로 사무실 바닥에 무릎을 꿇고 앉아 고개를 숙인 채 울먹이며 살려 달라 비는 것이다.

"소장님, 그동안 제가 잘못했습니다. 한 번만 용서해 주십시오"

"아니 웬일이냐? 그동안 아는 체도 안 하던 놈이."

"잘못했습니다. 제가 너무도 세상을 몰랐습니다."

"야, 이 친구야, 일어나라. 네놈에게 용서받을 일도 없으니 그만 가봐라."

"아닙니다. 제가 직장을 잃은 지 몇 개월 되었고, 아직 새 직장을 구하지 못하고 있습니다."

"그게 나하고 무슨 상관인가? 그만하고 가봐라."

"제발 좀 도와주십시오. 집에 먹을 쌀 한 톨 없는 지경입니다."

"야, 여러 직원들 보는 눈이 있으니 그만하고 좀 일어나라."

"아닙니다. 제발 살려주십시오."

"돈이 없으면 한국으로 들어가든지 해야지. 왜 날 찾아왔나? 이제 그만하고 일어나라."

"아닙니다. 비행기표 살 돈도, 음식 살 돈도 없는 상황이라. 소장님 제발 살려 주십시오"

눈물을 훔치며 애걸복걸하는 모습에, 소장은 여린 마음에 방콕 법인을 찾아 법인장께 부탁해 보라고 이른다.

"방콕 법인장님은 이미 며칠 전 찾아뵈었는데, 소장님을 찾아뵙고 부탁해 보라는 말씀 듣고 오게 되었습니다."

몇 개월 전에 지점장이 교체되면서 실직을 하였고, 아내와 아이들을 데리고 귀국하려 했으나 가족들이 현지 생활에 만족하며 완강히 반대하는 바람에 귀국할 수가 없었다고 한다.

그동안 구직하려 현지 회사에 문을 두드려 보았으나 아직 일자리를 구하지 못했고, 이제는 가진 돈도 모두 소진하는 바람에 하루하루 끼니를 걱정해야 하는 상황이라 한다.

소장은 방콕 법인장과 상의를 한 후 일단 먹고살 돈이 없다고 하니 법인에서 일정 금액 가불을 해주고, 법인 직원으로 채용해 줄 것을 요청하였고, 현장의 업무는 새끼 소장에게 자리 하나를 얻어 현지 직원으로 그를 채용하는 것으로 마무리를 하였다.

비록 현지 채용 인력이지만, 그렇게 그는 소장의 배려 덕에 재입사를 하게 된다.

그래도 그 친구는 나름 능력을 인정받아, 두 개 현장을 성공리에 마무리한 후에는 본사 계약직으로 정식 채용되어 인도, 중동 현장으로 배속되며 승승장구하게 된다.

인도 현장을 끝으로 그는 정식 직원으로 신분 변경이 이루어지는가 싶더니, 중동 대형 프로젝트를 성공리에 마무리한 후로는 임원으로 승진하는 쾌거를 이루게 된다.

임원 승진에 누락된 그의 대학 친구들과 입사 동기들은 불만이 이만저만이 아니다.

자신들은 입사 후 20년이 되도록 회사만을 위해 일해 왔는데, 누구는 퇴사했다가 현지채용, 계약직이었던 친구를 임원 승진시킨다며 입을 내미는 것이다.

그 친구의 인생에 큰 영향을 주었던 소장은 공사본부장으로, 국내 사업본부장으로 그리고 중동 사업본부장을 끝으로 은퇴를 하게 되고, 그에게 나름 도움을 주었던 방콕 법인장 또한 멕시코 지점장, 사우디 지점장 등을 거치며 영업 본부장을 끝으로 옷을 벗게 되기까지 세월이 많이도 흘렀다.

그렇게 떨어져 10년이 넘는 세월 동안 그 친구는 방콕 법인장이었던 분은 물론 소장에게도 개인적으로 찾아온 일도 인사를 온 일도 아니

메시지조차 없었다고 한다.

서로가 바쁘게 살아온 이유라고 치부하기에는 그는 너무도 이기적인 인물이다.

소장은 주변으로부터 그에 대한 소식이나 의리 없는 친구라는 소리를 들으면 살며시 고개를 돌린다.

잊고 싶은 인물인 듯 소장의 입에서 그 친구에 대한 말을 들은 적이 없다.

그렇게 또 퇴임 후 10년의 세월이 흘러 당시 소장도 법인장도 국가 공인 노인 측에 끼는 나이가 되었다.

"최 본부장님, 이 본부장님, 안녕하시죠."

"어이, 조 사장 오랜만이야. 회사는 잘 되지."

"예, 어렵지만, 그런대로 잘 운영하고 있습니다."

"올해도 바쁠 텐데, 골프에 초대해 줘서 고마워. 조 사장."

"아니 뭘요, 선배님들 당연히 모셔야죠."

"요즘 영업본부장과 공사본부장은 누군가?"

"영업본부장은 최 ○○ 전무고요, 공사본부장은 현재 공석이고 김 ○○와 이 ○○가 있는데 누구를 시켜야 할지 고민됩니다."

현역 사장이 선배들을 모시고 골프장 식사 자리에서 나눈 대화 중 그 친구 이름이 처음 거론된 것이다.

"뭐라, 공사 본부장에 김 ○○라고?"

그러자 당시 법인장이었고, 영업 본부장으로 은퇴를 했던 최 사장이 핏대를 올린다.

"김 ○○, 그놈은 절대 안 된다. 인간성이 틀려먹었고, 후배들을 위해서도 절대 안 된다. 그 당시 소장이었던 여기 이 사장님이 그리도 그놈을 살펴봐 주었는데, 의리도 없고 싸가지가 없는 놈이다."
"그 친구, 저도 잘 압니다. 그래서 고민입니다."

골프장에서 그런 대화가 있고 난 후 공사본부장은 이 ○○가 되었다는 소문이 들리고, 일 년 뒤 다시 골프 초대를 받은 자리에서는 올해를 끝으로 그 친구도 퇴임할 것이라는 사장의 말을 듣고 소장은 씁쓸한 표정을 짓는다.

"인생 영원한 것도 없고, 지내보니 별거 아닌데, 잠깐 살다가는 인생 그래도 의리는 있어야제."

소장은 혼자 중얼거린다.

질긴 인연, 영주와 상철

영주와 상철, 내가 보는 그들의 인연은 예사로운 것이 아닌 듯하다.

영주는 조용한 성격에 여성스럽다.

말이 별로 없고, 술도 좋아하는 스타일이 아니다 보니 남과 어울리기보다는 음악이나 듣고 혼자 있기를 즐겨 하는 편이다.

한편 상철은 성격이 급하고 자존심이 강하며 남에게 지기를 싫어해 학창시절 싸움질도 많이 하고, 머리는 좀 있는 듯해 보이나 좀 노는 아이들처럼 껄렁껄렁 양아치처럼 지내는 스타일이지만 나름 의리있는 친구다.

이들은 고등학교 3년 동안 한 번도 같은 반이 아니었기에 고등학교 시절에 상철은 영주를 몰랐지만, 영주는 상철을 멀리서나마 알고 있었고 공부도 못하고, 담배 피우고 싸움질하는 양아치 정도로 이해하고 있는 정도다.

그도 그럴 것이 나와 영주는 나름 조용히 공부만 하는 스타일로 SKY대를 목표로 하는 성적 우수 반에 속해 있었고, 상철은 성적이 낮은 열반에 속해 있어 둘은 개인적으로 친해질 수 있는 사이가 아니었던 것이다.

"야 너도 대학에 들어왔냐?"

"응? 왜 난 못 들어올 데냐?"

호기심에 참여했던, 첫 대학 동문회에서 영주와 상철 둘이 나눈 첫
대화이자 캠퍼스에서 마지막 대화였다.

영주는 자신의 이미지상 상철이라는 놈과 함께 있을 장소가 아니라
고 생각했던 모양새다.

영주는 모교 동문회 모임이나 야구장에서의 단체행동엔 관심이 없는
듯, 호기심에 첫 동문회에 모습을 보이고는 대학 생활 내내 모습을 나
타내지 않았고, 상철이 와는 학과도 다르고 노는 취향이 달라 둘은 서
로 만날 일이 없었다.

나 또한 동문회에서 간혹 상철이를 만났을 뿐, 셋은 군생활을 다른
시기에 다녀오면서 만날 기회도 없었고 서로 그리 친하지도 않은 편이
었다.

상철과 영주가 다시 조우한 때는 대학교 신입생 시절 동문회에서 만
난 후 13년 만인 90년대 초이다.

상철은 지방 모 중공업 회사에서 H 건설사로 경력 입사한 경우이고,
영주와 나는 공채로 입사 시부터 줄곧 H 건설사 공사 팀에 근무해온
터에 동일 직급이다 보니 우리로서는 상철이의 경력 입사 처우에 대해
못마땅한 입장인 것이다.

회사에서도 영주는 술을 좋아하지 않아 같이 어울리기보다는 혼자 있기를 좋아했고, 공사팀 소속으로 현장이 다르다 보니 나와도 만남이 뜸했지만, 사업팀 소속으로 경력 입사한 상철이 하고는 사내에서 마주치면 눈인사나 할 정도이지 특별히 만날 일도 없었다.

우리 셋은 서로 친한 사이도 아니지만, 그렇다고 남이라 치부하기에는 인연이 그래도 꽤 있어 전생에 나름의 깊은 연이 있었는지 모른다는 생각이다.

영주는 항상 조용하면서도 나름 자신의 역할을 충실히 해내는 모범생으로 팀 내에서 인정을 받고 있었으며, 소장으로 발탁되어 국내 작은 현장에서 해외 대형 현장의 소장으로 소문 없이 성공의 길을 걸어가고 있었고, 상철 또한 사업부 내에서 그의 성격답게 대담하게 프로젝트를 성공적으로 마무리하면서 국내 프로젝트의 PM과 해외 현장 PM 그리고 해외 지점장을 거치면서 영업팀장 등 경영자의 길을 걷기 시작했다.

현장에서 토목 담당 전문직종으로 묵묵히 근무해온 나에 비해서 둘은 그래도 나름 성공의 길을 걸어가고 있던 셈이다.

나와 영주 그리고 상철이 다시 만나게 된 계기는 상철이 경력 입사 후 15년이 지난 2000년대 중반 상철이 임원으로 승진 후 공사 팀장으로 발령을 받게 되면서이다.

영주와 상철은 IMF의 혹독한 감원 바람이 불던 구조조정의 폭풍 속에서도 살아남은 케이스로 상철은 공기지연과 적자로 죽어가던 해외 프로젝트를 어렵게 성공적으로 마무리하면서 임원으로 승진한 케이스였고, 영주는 IMF의 구조조정 속에서도 굳건히 살아남아 해외 대형 프로젝트의 소장으로 무리 없이 현장을 이끌어 가는 중이었다.

공사 팀은 국내외 화공프로젝트 현장을 총괄하는 부서인 관계로 이번의 만남은 상하관계로 만나게 된 것이다.

각 현장은 본사 공사 팀에 공사의 현황 및 추진 목표를 보고하는 입장이고, 공사 팀은 각 현장에 인력 및 각종 정보나 자료의 제공 등 성공적 공사 수행을 위해 지원하는 부서인 것이다.

영주는 겉으로 표현하지는 않았지만, 내심 심기가 불편한 듯 보였다.

고등학교는 처음 만남이었으니 이해하지만, 고교시절 성실하지도 않고 공부도 못하는 양아치 정도로 여겼던 상철이와 같은 대학을 다닌다는 것도, 또 그가 경력입사이긴 하지만 같은 대기업에 다닌다는 것도 자존심이 많이 상했는데, 이제 자신이 보고하고 인사 고과를 받아야 하는 입장이 되고 말았으니 마음이 썩 좋지 않지만 어쩔 수 없는 상황이다.

그렇게 둘은 전생에 무슨 인연이 있었기에 성격이 너무도 달라 함께 친해지지도 않았지만, 친해지라고 엮어 주는지 끈질긴 만남이 이어졌다.

상철이 또한 영주가 자신의 팀 내 현장 소장으로 부하 직원이란 것을 알았지만, 영주의 자존심을 고려해 별도로 연락을 취하지도 않았고, 영주로부터 축하 인사를 받지도 않은 상황이다.

나는 조그마한 현장의 전문 토목직종 담당자로 팀장인 상철이에게 직접적인 대면이나 보고를 할 입장은 아니었지만, 둘 사이는 달랐다.

팀장의 현장 방문으로 둘의 직접적 만남이 이루어졌다.

상철이 현장에 도착하니 소장을 비롯해서 현장 직원들이 도열해 거수경례를 하고 팀장을 맞이하고 있었고 현장 여직원이 물수건과 꽃다발을 들고 있었다.

팀장인 상철이 현장 소장인 영주의 소개로 직원들과 악수를 나누고 회의실로 들어서니, 'ㄷ'자형 회의석 중앙 상석에 보고자료가 놓여 있고 프레젠테이션 화면이 전면에 대기 상태로 놓여 있다.

영주의 PT를 통한 소장의 업무 보고가 있고, 보고내용에 대한 질의 응답 후 현장 순찰을 소장 및 일부 핵심 간부와 함께 돌고 나면 현장 직원들과의 저녁 회식이 있다.

그 당시 모든 현장의 방문 시에 통상적인 절차인 것이다.

영주는 방문 기간 내내 상철이를 상관으로서 깍듯이 대했고, 현장 상황 또한 잘 정리되어 공기나 손익 그리고 안전과 품질 면에서도 성공리에 마무리되어 가고 있음을 확인시켜 주려 애쓰는 모습이다.

상철이 또한 오랜만의 만남인데, 혹 현장이 우려스러울 정도의 공기지연이나 손익 측면에 어려움이 있다면 서로 간 불편한 대화가 있을까 긴장하던 차에 흡족한 현장 상황을 보고 안심하게 된다.

상철은 귀국 전날 밤 영주를 호텔방에 불러 둘만의 시간을 갖기로 한다.

"영주야, 몸은 괜찮은 거냐? 아픈 데는 없고?"

"아~, 예, 특별히."

"영주야, 말 편히 해라. 단둘인데."

"아내랑 집안의 애들은 다 무고한 거지?"

"아~ 예. 다들."

"그래, 다행이다. 혹 내가 도와줘야 할 일이나, 필요한 것 있으면 내게 별도로 연락해라.

올해는 팀 내 시니어들이 많아 임원 추천이 힘들겠지만, 내년에는 힘써 보구마. 항상 몸조심하고."

이렇게 둘만의 스킨십을 가지며 만남을 이룬 것은 고교 졸업 후 근 30년 만의 일이다.

소장이 아닌 현장의 전문직 일반 직원이었던 나로서는 상철이와 특별히 조우할 일은 없었지만, 전화상으로 또는 현장 방문 시 눈인사로 몇 번 마주했을 뿐, 그들과는 또다시 헤어지게 된 셈이다.

상철은 이듬해 중동담당 주재원으로 발령을 받는다.

국제 유가가 오르며 UAE 및 사우디아라비아에 제2의 중동 붐이 일고 있었고, 중동에 여러 개의 대형 프로젝트를 수주하게 되면서 현지 공사, 사업, 영업 및 법인 등 중동 담당 주재 임원으로 발령을 받게 된 것이다.

상철은 여러 개의 프로젝트 중 한 개 프로젝트 현장 소장으로 영주를 선정, 현장 파견 조치하였고 자신은 총괄 주재원으로 부임하면서 다시 상관과 부하의 입장이 된다.

중동에서 나름 성공적 사업, 공사 수행으로 추가 수주가 이어져 프로젝트는 10여 개로 늘어났고, 매출은 회사의 절반을 차지하다 보니 회사의 Core Business Area 로 거듭나며, 글로벌 EPC Contractor로 부상하는 계기를 마련하게 된다.

매년 임원 진급 시기가 오면 사장은 본부장이나 주요 팀장을 불러 인력 2~3명을 순위별로 추천하고 그 사유를 적어 제출하라고 한다.
때로는 면담을 통해 직접 추천 인력을 언급하고, 그 이유를 설명하라할 때도 있어 미리미리 준비하고 있어야 하는 것이다.
상철은 지난해 회사 선배 격인 공사 팀 내 최고 선임자를 사장면담에서 추천했다가 혼쭐나며, 공사 팀 내 임원 승진의 기회를 잃어버린 경험이 있다.

"김 상무, 그런 친구를 임원으로 추천하다니 그렇게 사람 볼 줄 모르나?"

임원 추천 면담 시, 사장이 공사 팀장인 상철에게 던진 말이다.

이제 상철은 영주를 임원으로 승진시켜야 하겠다는 마음을 먹고, 비공식 석상에서 사장께 슬쩍 한마디 던져본다.

"사장님, 공사 팀에서는 조영주 소장이 소프트 리더십도 있고 차기 임원 감이라고 생각하는데, 사장님 생각은 어떠신지요?"

"그놈은 안돼, 소심하고 리더십도 없어 보이던데 여자 같은 놈을 어떻게 임원으로 승진 시키노?"

그렇게 영주에 대한 사장의 인식은 안 좋았다.

임원 발표는 12월 초에 있지만 선임 작업은 10월 말부터 이루어지기에, 사전에 뜸을 들이거나 가능성을 타진해 봐야 팀 내 승진 기회를 잡을 수 있는 것이다.

이것이 팀장의 역할이며 능력이기도 하다.

"영주야, 지난해 이 선배 임원 추천했다가 사장님한테 혼쭐나고, 팀 내 승진 기회를 잃어버렸는데, 올해 너를 추천하려는데 사장님의 너에 대한 이미지가 많이 안 좋아 걱정이다."

"왜? 사장님께 말씀드려 봤냐?"

"그래, 지난번 술자리서 옆자리에 앉으셨길래 살짝 운을 떠봤는데, 계집애 같다고 단호하게 안 된다고 하시니 걱정이다."

"나 때문에 팀 내 승진 기회 놓치지 말고, 다른 사람 추천해라."

"그래도 지금 호황이고 회사가 잘 될 때 기회를 잡아야지, 아니면 힘들어."

"고맙지만, 사실 난 임원 생각 없어. 그냥, 소장으로 정년퇴임 때까지 잘리지 않고 근무하는 게 소원이다."

어느 날 상철과 영주 간 나눈 대화이다.

예정에 없던 사장의 중동 현장 방문이 10월 말경 갑작스레 이루어졌다.
영주는 휴가 중이고 영주가 맡고 있는 현장에는 휴가 동안 PM인 황 부장이 임시 현장을 돌보고 있는 상황이다.

상철은 중동 내 프로젝트가 회사의 매출, 손익에 차지하는 비중이 높은 만큼, 중동 내 현장의 소장 중에 1~2명은 임원 승진이 가능하고 영주가 맡고 있는 현장도 공사가 순조롭게 잘 진행되고 사업주 반응도 좋은 만큼 최고의 기회인데, 그만 그가 휴가일 때 사장이 방문을 하니 안타깝다는 생각에 한숨을 쉰다.

상철은 사장님 방문일정을 확정하면서 영주가 맡고 있는 현장에 대한 일정 그리고 사업주 면담까지 포함시키며, 사장님의 머리에 영주의 프로젝트를 각인시키기 위한 전략을 짠다.
물론 사업주에게는 미리 사장의 방문 일정을 알려주고, 이때 영주에 대한 칭찬을 거듭 강조하고 또 상기시켜 놓았다.

사장의 중동 방문이 시작되었다.
상철은 10개 프로젝트의 PM, 소장이 참석한 가운데 전체 현황 보고를 마치고 이중 현장 방문은 3개 프로젝트, 그중 사업주 방문 프로젝트는 영주가 맡고 있는 현장 1개로 국한시키며 사장을 모시고 방문기간 내내 만족스러운 결과를 도출해 내기 위해 최선을 다한다.

사장은 중동 내 현장 모두가 성공적으로 잘 진행되고 있다는 보고에 크게 만족하고, 특히 영주 소장이 맡고 있는 현장 방문 시 사업주와의 미팅에서 영주의 훌륭한 리더십에 만족하며 감사하다는 사업주의 말을 듣고 상당히 고무된 표정을 짓는다.

이틀간의 방문을 마치고 귀국하는 사장님을 배웅하는 차 안에서 상철은 다시 한번 임원인사를 언급한다.

"사장님, 이번 임원 인사에 조영주 소장을 강력추천합니다."

"그놈은 여자 같아서 되겠나?"

"아닙니다. 사장님. 그래도 조 소장이 소장 중에서 가장 잘 준비하고 직원들이 모두 잘 따르는 부드러운 리더십을 가지고 있고, 아까 사업주한테 들으신 대로 사업주 만족도도 최고입니다."

"글쎄. 그런 놈을 시켜도 될까?"

"사장님. 요번 임원 인사에서 사우디 현장 소장 중 한두 명은 꼭 시켜 주셔야 직원들 사기 진작도 되고, 제1 순위로 조 소장을 추천할 예정이니 꼭 시켜 주시면 감사하겠습니다."

"그래?"

말꼬리를 흐리며 사장은 떠난다.

태국 현장을 들러 한국으로 귀국하는 일정이다.

상철은 사무실로 돌아와 영주에게 긴급하게 연락을 취했지만 통 연락이 되질 않는다.

몇 시간 뒤 영주로부터 전화가 왔다.

"전화했었나?"

"너 어디냐?"

"태국에 아내와 여행왔다. 이제 막 공항 도착."

"그래? 사장님이 여기 현장 방문하셨고 거기 태국 들러 한국으로 귀국하실 텐데, 아마도 지금쯤 태국 도착했을 텐데."

"그래, 사장님도 이곳에 도착했다. 하마터면 마주칠 뻔했다. 긴급히 피해서 나왔다."

"조 소장, 미안하지만 너 지금 태국에서 휴가 즐길 때가 아닌 것 같다. 방금 차 안에서 사장님 배웅하면서 네 임원 승진 간청드렸는데, 예전과 달리 마음이 많이 바뀌신 듯하니 바로 한국으로 귀국해서 사장님 찾아뵙고 눈도장 확실히 찍도록 해라."

"현장 방문 결과는 어떠했나?"

"네가 있었으면 좋았겠지만, 그래도 황 PM이 보고는 잘했고, 사업주와의 면담에서 사업주 반응이 좋아 사장님 상당히 고무되셨고, 차 안에서 다시 한번 네 임원 승진 요청드렸더니 글쎄 하시며 예전 보다는 많이 돌아선 듯해."

"오, 그래, 고맙다. 비행기표 알아보고 바로 귀국해야겠다."

"그래, 사장님도 내일 귀국 예정이니까 모레쯤 사무실로 찾아뵙고, 다른 말 필요 없어. 이곳에서 보고는 다 받으셨으니까. 짤막하게 손익하고 공기가 앞당겨 성공적으로 마무리할 것이라고 자신 있게 말하기만 하면 돼."

"그래. 알았다, 고마워."

그렇게 우여곡절 끝에 영주는 임원을 달았다.

상철은 중동 3년의 생활을 마무리하고 공사 본부장으로 승진, 다시 본사로 귀임한다.

상철이 공사본부장 수행 기간 2년을 더해 공사 팀장 시절부터 영주는 7년간, 나는 4년간을 나름 진급이며 인사고과 하며 상철의 혜택을 받은 셈이다.

그로부터 4년 뒤, 상철이 정유, 환경, 발전사업 본부장을 거쳐 다시 중동 총괄 사업본부장으로 돌아왔을 즈음에는 영주 또한 공사본부장으로 승진하여 상철의 후임 역할을 하게 되었고, 이 보직을 끝으로 둘다 자연인으로 돌아가게 된다.

둘이 퇴임할 무렵 나는 이미 정년퇴직하여 회사에 몸을 담고 있는 시기가 아니라, 주변을 통해 알았던 내용이고, 또한 임원이 아니기에 퇴임 임원 모임에도 회원가입이 안 되는 입장이니 퇴임 후 둘의 관계를 잘은 모르지만 간혹 상철과의 통화를 통해 서로 만남이 없다는 얘기만 들을 뿐이다.

상철은 선배들의 간곡한 권유로, 약 150여 명 되는 모 사 퇴임 임원 모임의 회장이 된다.

말이 회장이지 각종 회원들의 경조사에 참석해야 하고, 회장 배 골프 대회라도 있으면 후원금이라도 내야 하는, 누구도 맡기 싫어하는 그야 말로 봉사하는 자리인 것이다.

상철은 생각한다.

"내가 모 사에서 지점장, 소장, PM, 팀장, 본부장 등 지난 30년간 그 래도 나름 성공적 직장생활을 해올 수 있었던 것은 선배가 끌어주고, 후배가 있었기에 가능한 일이며, 항상 감사하는 마음으로 생을 마감하 기 전에 보답해야 한다면 회장직을 맡음으로써 작은 보답이라도 해야 한다."

상철은 회장으로 열심히 뛰어다닌 듯하다.
모든 경조사에 참석은 물론 코로나 시기의 모사 지원 없이 운영상 어 려움이 처했을 때에도 주변의 도움을 요청해 가며 모임이 흔들림이 없 도록 최선을 다한다.
영주에게도 모임에 참석해 줄 것을 그리고 작은 후원도 좀 해줄 것을 요청했지만, 영주는 참석은 물론 일절 관심이 없다.

"상철아, 나는 더 이상 너의 쫄따구가 아니야"라고 외치듯.

언젠가 상철과 소주 한잔 나누며 상철이 한 말이 귀에 맴돈다.

"우리 둘의 인연은 참 아이러니하지만, 인생은 성적순도 나이순도 아니다. 누구의 인생이 좋고 나쁨이 아니라, 삶 그 자체로 가치가 있을 뿐, 그냥 잠깐 다녀가는 것일 뿐이다. 잠깐 마주한 인연 소중히 여기며 짧은 만남에 감사하고, 나의 생에 영향을 준 이들에게 인사하는 미덕쯤은 표하고 떠나야 하지 않을까? 조물주께서 끈질기게 이어주는 영주와 인연을 생각하면, 우린 꽤나 친해질 수 있었는데 내가 먼저 손 내밀고 다가갔어야 했는지도 모르지, 꽤 괜찮은 놈인데."

상철은 생각한다.

"의리, 그렇게 힘든 것도 아닌데."

끊임없이 공부해야 하는 이유

세상만사 중 내 눈에 보이는 것은 아주 극히 일부인지라, 보이는 것만 가지고 왈가왈부해서는 안 되고, 항상 겸손해야 한다.

문제는 눈에 보인다고 다 보이는 것이 아니고, 아는 만큼만 보이고, 보이는 만큼만 관리되기 때문이다.

또한 관리되는 만큼만 성장하기 때문에 성장 발전하려면 항상 공부해야 한다.

"소매가 길어야 춤을 잘 추고, 돈이 많아야 장사를 잘하듯, 머릿속에 책이 5,000권 이상 있어야 세상을 제대로 뚫어 보고 지혜롭게 판단할 수 있다." 정약용의 말이며, "세계는 지식, 공간, 시간에 의해 좌우될 것이며 이 주도권을 쥔 자가 부를 가지게 될 것이다." 앨빈 토플러의 말이다.

외형으로 사물을 판단해서는 안 된다.

내면에 감추어진 사물의 본질을 통찰해야 한다.

인문 고전을 읽는 천재들의 공통점은 보이지 않는 것의 중요성을 안다는 것이다.

일반인들은 보이는 것 (Sight)에 주목하지만, 천재들은 보이지 않는 것 (Insight)에 주목하기 때문이다.

통찰력을 의미하는 Insight는 Sight에 In이라는 접두사가 붙어, 보이는 것보다 더 깊은 것을 보라는 의미일 것이다.

그렇다면, 공부란 무엇인가?

공부는 자신이 가지고 있는 고정관념을 계속 깨뜨리는 것으로, 내가 알고 있는 것이 틀릴 수 있다는 사실을 알아가는 과정이다.

세상에는 내가 아는 것 보다 모르는 것이 훨씬 많아서, 함부로 자기주장을 펴는 게 위험하다는 사실을 인지하는 것이다.

공부할수록 공부할 것이 늘어나고, 공부하지 않을수록, 공부할 것이 없어지는 것이다.

공부하면 유연해지고 공부하지 않으면 고집스러워진다.

자기가 아는 세계가 전부라고 착각하기 때문이다.

공부를 잘하려면 또한 어찌해야 하는가?

무엇보다도 겸손해야 한다.

여기서 겸손이란 자신을 낮추는 것이 아니라, 자신이 갖고 있는 지식이 너무나 보잘것없어 더 배워야 함을 스스로 느끼는 감정이다.

사뭇 비워야 채울 수 있듯이 마음가짐을 비워야 한다.

겸손함 없이는 배움을 채울 수 없는 이유이다.

정보화시대, 쏟아져 나오는 엄청난 양의 새로운 지식과 정보에 내가 가진 지식이 틀릴 수 있다는 생각을 늘 가져야 한다.

"이 세상에 변하지 않는 것은 없다"라는 말 이외에 모든 것은 변한다.

또한 인터넷의 발달로 인해 변하는 속도 또한 기하급수적으로 빨라지고 있다.

어쩌면 현재 학교 교육의 80~90%는 아이들이 성인이 되었을 때 쓸모 없어질 것이다.

아이들에게 가르쳐야 할 중요한 기술은 "어떻게 해야 늘 변화하면서 살 수 있을 것인가"와 "어떻게 해야 내가 모른다는 사실을 직면하며 살 수 있을 것인가"일 것이다

불문부득(不問不得)이요, 불치하문(不恥下問)이라.

묻지 않으면 얻지 못하며, 모르는 것이 있다면 아랫사람에게도 묻는 것을 부끄러워하지 말아야 한다. (모르는 것이 부끄러운 것이 아니라, 묻지 않는 것이 부끄러운 것이다.)

리더는 공부를 해야만 한다는 케네디 대통령의 말도 끊임없이 공부해야 하는 이유 중의 하나다.

"All Readers cannot be a Leaders, but all Leaders must be a Readers."

모든 독서가가 리더가 될 수는 없지만, 모든 리더는 독서가가 되어야 한다.

Lifelong learning keeps people young.

평생 학습하면 젊어진다는 데, 공부도 예전 같지가 않다.

두어 시간을 넘기지 못하고 눈물이 나고, 허리가 아파오며 집중력이 떨어진다.

돌아서면 새까맣게 잊어버리기 일쑤다.

가벼운 소설책도 중간도 읽기 전에 앞 페이지를 들추어 보게 된다.

무의식적 기억도 뇌의 신경세포가 하는 일이고 보면, 단기기억이 장기기억으로 변하려면 기억의 유지 시간을 늘려줘야 하는데 기억유지 시간을 늘려 주는 것은 반복뿐이다.

반복이야말로 능력의 어머니이며, 완전히 몸에 익은 능력도 반복에서 얻어진다.

질문을 잘 한다는 것은 질문의 수준만큼 알고 있다는 것을 뜻한다.

단 하나의 핵심 질문으로도 인생과 비즈니스를 바꾸는 경우를 우리는 많이 본다.

"인간과 같이 생각하는 기계를 만들 수는 없을까?" - 컴퓨터 탄생 주역 앨런 튜링

"배달 안 하는 맛집 음식을 배달시켜 먹을 수 없을까?" - 배민

"동네에서 편하게 중고거래를 할 수는 없을까?" - 당근마켓

"소액을 무료로 송금할 수는 없을까?" - 토스

"어떻게 살 것인가?"는 곧 "무엇을 배워야(공부) 할 것인가?"와 같은 질

문이기에 무슨 공부를 할 것인가를 고민해야 하는 이유이다.

- 청명한 가을하늘을 바라보며 무엇을 공부할 것인가 고민하며, 열의 생각

장경오훼(長頸烏喙)

관상학적 용어로 목이 길고 입이 뾰족 튀어나온 사람을 말하는데, 끈기가 있고 인내심이 강해 어려움을 이기고 성취도가 높지만 성취 후 시기심과 고집이 세고 오만하기 짝이 없어 자기 욕심이 강해 이런 부류의 사람들과는 어려움은 같이 할 수 있어도, 즐거움이나 기쁨은 함께 할 수 없는 사람을 말한다.

춘추시대 월나라의 왕 구천을 두고 하는 말이다.

초나라에 대승을 거둔 오나라 왕 합려는 오자서의 말을 듣지 않고 무리하게 월나라를 공격하다, 발목을 잘리고 죽으면서 아들 부차에게 월나라에 복수를 해달라는 유언을 남긴다.

오왕 부차는 궁내 인사를 "부차야, 아비의 원수를 잊었느냐"로 통일시키며 자신을 극기하며 복수의 칼을 간다.

몇 년 뒤 월나라와의 전쟁에서 대승을 거두며 월나라 왕 구천으로부터 항복을 받아내는데, 이때 오왕 부차는 아버지와 같이 구천을 죽여야 한다는 오자서의 말을 듣지 않고 구천을 살려주는 대신 그의 아내와 함께 구천을 볼모로 잡게 된다.

이때 볼모로 떠나는 월왕 구천과 함께 하겠다며 재상으로 남아 나라를 잘 살펴 달라는 구천의 권유에도 불구하고 따라나선 이가 재상 범려이다.

　볼모생활은 합려의 묘지기로 묘지 옆 석실에서 굴욕적인 3년간의 생활을 함께하며, 꾸준히 오나라 재상 백비에 많은 뇌물을 주어가며 돌아갈 날을 꿈꾼다.

　부차가 병이 들자, 부차의 변 맛을 보아가며 병이 곧 나을 것이라는 말과 함께 생명을 유지하기 위한 갖은 행동으로 부차의 신임을 얻어 결국 월나라로 돌아오게 된다.

　제상 범려와 함께 월나라로 돌아온 구천은 장작더미에서 잠을 자고 곰의 쓸개를 핥으며 와신상담 9년간의 복수의 칼을 간다.

　이때 전국에서 제일가는 절세미인인 서시를 뽑아 첩자로 활용하기 위해 교육시키고 부차에게 보내는 미인계를 쓴다.

　서시를 후궁으로 맞은 부차는 서시에 빠져 구천을 죽여야 한다며 계속되는 오자서의 충언을 듣지 않고, 끝내 오자서가 자결하도록 보검 촉루를 내린다.

　오자서가 죽자 월왕 구천은 이때라고 생각하고, 오나라를 공격하여 대승을 거두고 오왕 부차는 항복을 받아줄 것을 요청하지만, 구천은 범려의 말을 들어 부차 스스로 목숨을 끊도록 한다.

　오나라를 멸하고 돌아오는 길에 월 왕 구천은 범려에게 서시는 어디 있는지 묻자, 범려는 서시는 간자로 이미 그녀의 임무를 다했기에 살려 두었다가는 나라가 어지러워져 죽여야 한다며 옥에 가두어 두고 있다고 전한다.

이에 구천은 서시가 탐이나, 정색을 하며 죽이지 말라 이르고 계속되는 범려의 충언에 서시를 죽이면 범려는 물론 그의 가족을 몰살시키겠다고 으름장을 놓는다.

이때 범려가 구천과 함께 했던 고통스러웠던 지난날을 되새기며 구천의 얼굴을 바라보며 내뱉은 말이 장경오훼이다.

범려는 월나라를 떠나며 월나라를 다시 일으켜 세우려 함께 했던 문종에게도 구천에게서 떠나야 한다며, 편지에 쓴 말이 장경오훼와 토사구팽이다.

공을 세우면 그 공은 함께했던 부하에게 돌리고, 실패를 하면 그 책임은 스스로 져야 하는 것이 리더의 덕목임에도 우리 주변에는 구천과 같은 장경오훼의 인물이 너무도 많다.

무너져 가는 회사의 조직문화를 보면 부서 간 이기주의와 모든 책임을 남의 탓으로 돌리려는 책임전가의 풍조가 만연한 것을 알 수 있다.

승진을 위해서라면 물불을 가리지 않는 사람들, 부하의 공을 마치 자신의 공으로 착색하는 사람들, 승진 후 팀 내 부하직원들과 소통하며 그들의 어려움을 함께하기보다는 그들 위에 군림하며 위 상사와 소통하며 아부하는 사람들이 그런 인물들이다.

권력 앞에 선 정치인들 중에도 장경오훼의 인물들이 다수 있다. 아니, 장경오훼의 인물이어야 정치가로 성공할 수 있나 보다.

지난 세월 고난과 역경을 함께 했던 인물들이 자신의 공적에 흠이 되면, 모르쇠로 돌변한다.

주변의 사람들 여럿이 죽어가는 상황 속에서도, 그들의 죽음이 자신의 앞길에 도움이 안 되면 굳건히 모르쇠로 일관한다.

주변 인물이 부정으로 수사선상에 오르면 일면식도 없었다며 딱 잡아떼기 일쑤다.

어느 중견 건설업체 회장이 부정 스캔들로 검찰 조사를 받던 중 스스로 목을 매었다.

그의 품속에서는 힘들다는 유서 내용과 함께 정치인들 리스트가 함께 발견되었다.

그동안 정치인들에게 자신의 어려움을 호소해왔고 도와 달라고 손을 내밀었지만, 끝내 도움을 받지 못한 서운함과 배신감이 묻어나는 죽음이다.

그 리스트에 적힌 정치인들은 모두 자신과는 무관하다는 입장을 밝혔고, 검찰은 피의자 죽음으로 인한 공소권 없음으로 수사가 종결되어 리스트 상 정치인들의 부정은 리스트와 함께 영원히 무덤 속으로 사라졌다.

장경오훼의 인간들.

- 수년간 밤낮으로 정성을 다해 모셔온 상사가 자신의 자그마한 실수로 조직을 떠나게 되자, 남의 일인 듯 외면하는 상사로부터 팽 당했다며 아쉬워하는 어느 회사원 이야기를 듣고 떠오른 단어 장경오훼, 열의 생각

죽음

태어나자 인생이라는 무대의 주인공이 되었다.

주인공으로 입학, 졸업, 취업, 결혼, 진급과 함께한 삶의 딱지들 그리고 퇴임이라는 생의 굴곡을 지나, 이제 주인공으로 인생 무대의 마지막 장을 남기고 있다.

죽음.

에피쿠로스는 말한다.

"죽음은 우리에게 아무것도 아니다. 살아있을 때 죽음은 아직 오지 않았고, 죽음이 찾아왔을 때 우리는 존재하지 않는다."

에피쿠로스의 말처럼, 죽음에 대한 두려움은 없다.

죽음은 내가 태어나기 전과 같은 상태, 즉 無의 상태로 돌아가기 때문이다.

단지 죽음이 다가오기까지 육체적 고통, 회한과 후회를 두려워할 뿐이다.

그러한 두려움을 줄이려 지금의 삶에 최선을 다하려는 이유이기도 하다.

어찌 보면 Well-being이란 Well-dying으로 가기 위한 과정이기 때문이다.

여기서 〈죽음의 에티켓〉의 저자 로란트 슐츠의 말을 들어보자.

하늘 아래 영원한 것은 없다.

50억 년 후에 태양이 사라질지 모른다.

태양에너지의 1%만 감소하면 지구생명체는 전멸하며, 지구도 영원히 존재하지 않을 것.

우리의 "있음"은 없었던 적도 있었고, 언젠가는 없어지기도 할 것.

즉 우리의 "있음"은 "없음 의 테두리 안에 있는 것이다.

죽음에 대한 생각을 앞당기는 것은 풍요롭고 가치 있는 삶을 위한 것.

어떻게 살아가느냐에 따라 죽음에 대한 이해가 달라지고, 죽음을 어떻게 보느냐에 따라 살아가는 자세가 달라진다.

당하는 죽음 보다 맞이하는 죽음이 더 고귀한 이유이다.

심장 정지 후 20~30초 안에 뇌가 정지하는데 이 시간 동안 사랑에 빠졌거나 성행위를 할 때 분비되는 호르몬을 분출한다고 한다.

"죽어가는 뇌가 적절하게 생을 빠져나가려고 마지막으로 터뜨리는 아름다운 불꽃"인 것이다.

누구도 예외 없이 모든 사람이 죽지만, 누구도 함께할 수 없는 오롯이 나 홀로 겪어야 하는 죽음.

죽음을 즐길 수는 없더라도, 죽음을 맞이할 여유를 지닌다면 삶이 더욱 넉넉하고 촉촉해질 것이다.

잘 살아야 잘 죽는 것이기 때문이다.

저자가 말하는, 잘 죽기 위해, 잘 산다는 것은 무엇인가?

우선 건강한 삶이라고 생각한다.

자리에 누워 오래 산다는 것은 주변 사람들만 힘들게 할 뿐, 의미 없는 일이다.

오래 산다는 것 보다, 많이 산다는 것에 초점이 맞추어져야 한다.

많은 경험을 가진다는 것이, 매일 반복되는 변화 없는 오랜 삶보다 가치 있는 일이기 때문이다.

건강한 삶을 위해서는 고통을 인내하며 땀을 내는 적절한 운동을 지속적으로 해야 한다.

로란트 슐츠의 말처럼 당하는 죽음을 피하기 위해서라도, 무리한 신체의 사용과 과음 과식을 피하며 과유불급의 의미를 새기며, 매사 안전에 조심을 기울여야 하는 이유이다.

둘째는 자신의 가치를 오늘보다는 좀 더 나은(깨우치는, 발전된) 내일을 만들어가야 한다.

책을 읽고, 끊임없이 공부에 정진해야 하는 이유이다.

살아있는 물고기는 거친 물살을 마주하며 타고 오르지, 물살에 밀려 떠내려간다면 그것은 죽은 고기다.

편하다고 그저 현실에 안주하고 물살에 밀려간다면, 그것은 죽은 인생과 다름없다.

힘들어도 좀 더 나은 내일을 위해 고통과 마주하며 인내하고 물살을 헤쳐 나가야 참된 인생이기 때문이다.

셋째는 자아실현을 위한 끊임없는 도전과 성취다.

인생의 궁극적 목적은 자아실현이라고 말한 영국 철학자 그린의 말을 잊더라도, 도전이 없는 삶은 밋밋한 인생, 앙꼬없는 찐빵이라고나 할까.

도전이라는 단어는 무언지 모르게 흥분되고, 열정이라는 단어를 연상케 한다.

열정적인 삶, 도전이 만들기 때문이다.

"너희의 젊음이 노력해서 얻은 상이 아니듯, 나의 늙음도 잘못으로 받은 벌이 아니다."

영화 〈은교〉에서 나오는 대사인데, 젊음을 질투하고 나의 늙어감을 변명하는 것 보다, Well dying을 위한 Well being으로 살아가는 것이 멋진 늙은이로 익어가기 위한 삶의 방법이 아닐까.

그렇게 맞이하는 죽음은 두렵지도, 후회스럽지도 않을 것이란 생각이다.

- 9월 문득 죽음을 생각해 보며, 열의 생각

늙어간다는 것

하루에도 이 메일 메시지가 국내외로부터 100여 건 넘게 쏟아지고, 각종 보고서, 결제 품의서, 경조사를 알리는 메시지를 포함해 카톡 방은 불이 나고, 수십 통의 전화와 각종 회의를 소화하려니 하루 24시간이 부족하다.

전 세계 45개국 넘게 발걸음을 옮기며 이어놓은 Human Network 이 나를 감싸고 동아줄로 묶어 버리듯 이 메일, 메신저, 전화를 통해서 시공간의 틀 속에 가두어 두더니 퇴임과 함께 하루아침에 사라져 버렸다.
그는 내가 아니었다. 조직 속의 하나의 개체였을 뿐, 이제 하루 중 나를 찾는 전화는 아내뿐, 카톡 방 메신저는 모임 동아리의 외침뿐이다.

외로우니까 사람이다.
살아간다는 것은 외로움을 견디는 것이다.

등산모임, 골프 모임, 각종 동문회다, OB 모임 모두가 외로움의 두려움을 피하려 인간들이 만들어낸 허울 좋은 가식일 뿐이다.
모임의 끝은 늘 아쉬움과 허탈이기 때문이다.
바쁘게 사는 듯 외롭지 않은 척해도 군중 속 고독을 느끼듯 인간은 항상 외롭다.

If I am not black enough and if I am not white enough and if I
am not man enough

what am I?

당신은 과연 어디에 속해있나요?

우리가 굳게 믿고 있는 소속감은 사실 덧없는 것일지라도, 뭔가에 속
해있다고 나의 외로움과 고독을 달래고 위장하려 하고 있지 않나요.

정신적으로 외로운 것과 함께 육체적으로 아픔과 불편함이 찾아온다.

오랜 기간 써먹었으니 마모되고 닳아, 몸의 이곳저곳에서 가려움, 통
증과 노화의 불편함이 외로움과 함께 다가온다.

외롭고 고통스러운 하루라도 그냥 보낼 수는 없다.

소포클레스의 말처럼, 오늘 내가 헛되이 보낸 하루는 어제 죽어간 사
람이 그토록 원했던 내일이기 때문이다.

나이를 먹는 것만으로는 늙지 않는다.

꿈을 잃었을 때 비로소 늙는다고 한다.

– 울만

우리는 늙었기 때문에 못 노는 것이 아니고, 노는 것을 멈추었기 때
문에 늙는 것이다.

산다는 것은 꿈을 가지는 것이고, 꿈을 잃으면 죽은 것과 같다.

또한 늙는 것과 성숙하다는 것 사이에는 커다란 차이가 있다.

늙는 것은 재능이나 능력이 필요 없으니 아무나 할 수 있지만,

성숙하다 는 것은 변화 속에서 언제나 기회를 발견하기 위한 부단한 노력이 필요하니 다르다.

후회하지 마세요.

나이 든 사람들은 했던 것보다는 하지 않았던 일에 대해 오히려 후회를 많이 한다고 한다.

기억해 두세요.

늙는다는 것은 필수지만, 성숙하다는 것은 선택이라는 것을.

인생의 불행은 어느 날 갑자기 찾아온다.

그것도 조용히 아무런 예고도 없이, 마치 유통회사 광고 문구처럼 쓰~윽(SSG).

누군가에게 일어난 일은 누구에게나 일어나기 때문이다.

그런 불행이 내게 찾아오기 전에, 내가 먼저 익어가는 늙은이가 되고 싶다.

내가 되고 싶은 늙은이는

절대 뽐내지 않고, 자신의 얘기는 적게 하고,

타인을 빛나게 해주고, 입은 다물고, 지갑은 열고, 가진 것은 나누고,

존재 자체로 힘이 되고,

누구나 만나고 싶어 하는 그런 늙은이가 되고 싶다.

- 어느 가을날 늙어가는 나 자신을 보며, 열의 생각

늙어가며 하지 말아야 할 것들

'이유 없는 작은 분노로 큰 화를 초래한다'라는 뜻의 "망노초화(忘怒招禍)"가 있다.

복어가 물속에서 놀다, 기둥에 부딪히자 기둥이 자신을 공격했다고 생각하고 몸을 크게 부풀리며 화를 내게 되면 몸이 물 위로 떠오르게 되고, 이를 새가 낚아채어 먹잇감이 된다.

층간 소음이나 사소한 자동차 운전 시비로 살인을 부르는 경우를 말하는데, 늙어갈수록 사소한 일에 간섭하거나 짜증을 내어서는 안 되는 것이다.

젊었을 때를 생각하고 나이 어린 불량 청소년들에게 꾸지람을 하다가 오히려 칼침을 맞는 경우를 우리는 매스컴을 통해 종종 본다.

망노초화, 늙어가면서 잊지 말아야 할 단어다.

잠실 석촌호숫가에 매일 몇 시간이고 벤치에 앉아 계시는 할아버지 한 분이 있어 슬며시 다가가 말을 건네 보았다.

"할아버지 매일 여기 몇 시간씩 나와 계시는데, 무슨 이유라도 계신가요?"

"이유는 무슨, 아들놈 직장 가고 손주 학교 가고 나면, 며느리와 단둘이 얼굴 빤히 처다볼 수도 없고, 마땅히 어디 갈 곳도 없어 이러지."

"할아버지 집은 없으신가 보죠."

"몇 년 전 할망구 죽고 나서, 혼자 소 키우고 마을회관서 친구들이랑 밥해 먹고 막걸리 먹고 그런대로 재미 붙이고 살았지."

"그런데 왜 올라 오셨어요?"

"올라오긴, 아들놈이 여기 잠실 아파트값이 주책없이 오르니깐 집 장만한다고, 이젠 자기들이 모신다고 정리하고 올라오라 하도 성화하길래 몇 푼 되지도 않는 땅과 집 처분하고 올라왔더니만 신세만 망쳤어."

"아드님께 돈 다시 돌려 달라고 하시지요?"

"돈? 준다던 용돈도 주지 못하는 처지인 듯헌데, 무슨 돈을 해달라 하겠어."

눈물을 훔치시는 어르신의 모습에 가슴이 저미어 온다.

늙어가며 절대 하지 말아야 할 것 중에 "과도한 증여"도 있다는 것을 잊지 말아야 한다.

통계에 따르면 은퇴자의 70%가 3년 내 사업을 접고, 5년 내에는 90%가 망한다는 노후 창업이나, 감이 떨어질 수밖에 없는 노후의 주식투자 또한 늙어 가면서 하지 말아야 할 것들 중의 하나로 많이들 언급한다.

이것들은 인생의 3대 불행인 초년출세, 중년상처, 노년빈곤 중 재기가 가장 힘든 노년빈곤을 만들어 노후의 초라한 삶으로 내몰리게 되기 때문이다.

"할아버지, 보청기 하시면서 달라진 게 있나요?"

"있지."

"뭐가 많이 달라지셨나요?"

"우선 유서 내용을 바꿨어. 자식들 앞에 입조심도 많이 하지"

돈깨나 있으신 할아버지 한 분이 보청기하고 난 후 자식들끼리 하는 말소리를 듣고는 모두가 돈만 노리는 도적놈들로 보여, 자산의 대부분을 사회에 환원하기로 했다면서 한숨을 내 쉰다.

예전엔 자식들 말소리가 잘 들리지도 않았지만, 자식들의 덕담 한마디 해달라는 유혹에 넘어가 그만 말이 많았었는데, 내 말은 모두 쓰레기 처분되고 오직 자신의 재산만 기대한 행동들이었다고 실망감을 드러낸다.

나이가 들수록 말에 힘이 커지므로, 무심코 한 말이 자식들에게 큰 영향을 줄 수 있기에 조심해야 하는 이유이다.

또한 늙어가면서 뇌의 시냅스가 줄어들고 사고가 굳어지고, 새로운 정보를 처리하는 능력이 저하되어 확증편향의 자기중심적이고 고집스러움이 자신도 모르게 나타나게 되어 꼰대가 되어가기 때문에 말이 적어야 하는 이유이기도 하다.

늙어가면서 꼰대 소리를 듣지 말아야 하는데, 젊은이들로부터 꼰대 소리를 듣게 되는 것 중에는 "우리 때는"이라는 말로 시작하는 발언과 같이 과거에 집착하는 행동이나 권위적인 태도 또한 하지 말아야 할 것들 중의 하나다.

카네기의 인간 관계론에서 언급된 "꿀을 얻으려면, 벌통을 걷어차지 말아야 한다"는 교훈과 같이 남을 비난하는 것은 쓸모가 없을뿐더러 위험하기까지 한 것이다.

또한 불필요한 자기 자랑, 특히 자식 자랑은 꼰대 소리를 듣는 이유 중의 하나가 될 것이다.

- 나도 꼰대가 되어가고 있다는 현실에 후회하며, 적을 원한다면 친구보다 뛰어난 사람이 되고, 친구를 원한다면 친구들이 나보다 뛰어난 사람이 되게 하라는 프랑스와의 말을 되새겨 본다. 열의 생각

지금이 중요한 이유

현재를 살아야 한다.
매 순간 영원을 발견하라.

"바보들은 자신에게 주어진 기회의 섬에서 육지만 바라보지만, 육지 같은 것은 없다. 이 삶 말고 다른 삶은 없는 것이다."

헨리 데이비드 소로의 말이다.

"You can't wait until life isn't hard anymore before you decide to be happy."
인생이 쉬워질 때까지 기다릴 수 없습니다. 당신이 먼저 행복해지기로 결심해야 합니다.

미 MBC 갓 탤런트에서 골든 버저를 터트린 생존확률 2%인 말기 암 환자 제인 마르크제프스키가 노래 부른 후 던진 말이다.

삶의 목적을 위해 수단이 되어버린 삶.
우리는 살면서 오늘보다 더 나은 내일을 기대하고 이를 위해 노력한다.
그러다 보니 더 좋은 내일을 위해 오늘을 계속 유보하게 된다.

즉, 좋을 수도 있는 지금을 계속 뒤로 미루게 된다는 말인데 언제까지일까?

죽을 때까지 유보하게 되면 인생을 미루게 되는데, 희망이나 목적 달성이라는 명분 아래 계속 미루다 보면 남는 것은 신기루일 뿐일지도 모른다.

희망과 목적은 삶의 동기이기도 하지만, 희망을 명분으로 내일을 기다리다 보면 오늘이 없어지게 된다.

즉 오늘을 살고 있기는 한데 아직 오지 않은 내일의 지나가 버린 어제로 살고 있다는 말이다.

삶의 목적이나 희망이 인생의 의미나 가치를 부여하지만, 지나치게 강조하다 보면 삶은 어느덧 수단이 되어 버리고 만다.

분석 철학자 루트비히 비트겐슈타인의 통찰을 들어보자.

삶의 문제는 대답될 수 없고, 대답으로 해결될 수 없는, 대답이 아니라, 문제의 소멸로써 해결될 수 있다.

즉 삶의 문제는 해결될 수 없는 문제이니 문제인 삶을 그저 살아가라는 말로 이해된다.

삶이 삶 자체의 목적이고, 가치이며 삶 자체의 이유이기 때문이다.

삶이 삶 이외의 다른 이유가 있나, 만일 더 큰 이유가 있다면 그 이유를 명분으로 삶을 포기하는 것도 정당화될 수도 있게 된다.

니체는 〈차라투스트라는 이렇게 말했다〉에서 지금 이 인생을 다시 한번 똑같이 살아도 좋다는 마음으로 살라고 이야기한다.

이보다 더 좋을 수 있을 것 같은 삶을 가정하고 이를 명분으로 현재를 유보하고 산다면 삶이 다른 목적의 수단이 되고 만다.

짧은 인생, 목적이나 희망을 안고 살아가야 하지만 결코 수단이 되어서는 안 된다.

과거는 지나간 추억이며, 미래는 아직 오지 않은 상상일 뿐, 삶은 오로지 현재의 연속이다.

지금이 순간이 내 인생의 가장 중요한 시간이고, 지금 내 앞에 있는 사람이 내게 가장 소중한 사람이며, 지금 하고 있는 일이야말로 내 인생에 가장 가치 있는 일인 이유이다.

앞만 보고 달리며 승승장구하던 한때의 삶을 돌아보면, 퇴임 후 지금의 삶은 보잘것없어 보이지만, 그래도 지금의 삶도 나름의 가치와 여유가 있어 좋다.

그때는 보이지 않던 것들이 새로운 세상으로 내게 다가와 또 다른 인생의 맛을 주기 때문이다.

- 빠른 세월 속에서 덧없음을 느끼며, 열의 생각

다 그러려니

한 TV 프로그램에서 한국어를 잘하는 한 젊은 외국 여성에게, 한국어 중 가장 가슴에 와닿는 말이 있다면 무엇인가 라는 질문에 나온 답이 "다 그러려니"였다.

영어 사전에도 없는 말을 이해하기까지 시간이 꽤나 걸렸겠지만, 나도 생각 못 한 단어에 의외라는 생각이다.

"그러려니"라는 말은 일종의 세상살이를 흘러가는 대로 관조하는 인생을 많이 살아본 마음이 깃들어 있는 단어이기 때문이다.

어쩌면 우리 같이 늙은이들이 세상살이를 다 살아보니 별거 아니야, 그럴 수도 있지, 그게 그거야 하는 세상살이를 관망하는 늙은이들의 단어일 텐데 젊은 외국 여성이 한 말에 조금은 놀라움과 함께 공감이 가는 말이다.

자동차 운전대를 잡으면 욕이 툭툭 튀어나온다.

갑자기 끼어드는 사람, 우회전 차선에 정당하게 끼어들어야 하는데 차가 조금 밀리다 보니 양보를 안 해주려는 사람들, 카톡이나 전화하면서 앞길을 막으며 자기만의 속도로 가는 사람들, 잠깐의 늦은 감응 속도에 빵빵거리는 뒤차 사람들을 보면서 몇 번이나 욕설을 해댄다.

"천천히. 다 그러려니 이해하세요" 옆자리 아내가 매번 타이르는 말이다.

퇴임 후 1년 만에 사고를 서너 차례 내었다.

수년간 기사 덕분에 운전을 하지 않다가 퇴임과 함께 자가운전을 하면서 미숙한 나의 운전실력 때문이었을 것이다.

"나로 인해 사고를 당했던 분들의 기분은 어땠을까" 역지사지의 마음으로 그러려니 이해를 할 수 있었음에도, 상대를 탓했던 지난날 들을 돌이켜보며 나의 덕이 부족한 탓일까 반문해 본다.

뉴욕 전철 안에서 어린아이 세 명이 천방지축 이리저리 뛰며 소리 지르며 떠들어대자 주변 사람들의 눈살이 찌푸려진다.

몇몇 사람이 주의를 주어보지만 아랑곳하지 않고, 계속되는 아이들의 장난기 어린 행동에 한 사람이 나서서, 멀리 창밖을 응시한 채 넋 나간 사람처럼 앉아있는 아빠인 듯한 남성에게 아이들의 행동을 제지해 줄 것을 요청하기에 이른다.

"죄송합니다. 방금 아이들 엄마를 장례 치르고 묻고 오는 중이라, 제가 경황이 없어서요."

"Oh, I'm sorry to hear that."

이해 못할 상황들의 숨겨진 속사정에는 그럴 만한 이유가 있기에, '그러려니'의 배려가 필요한 이유이다.

직업 군인이 휴가기간 중 성전환 수술을 받고, 강제 퇴역을 당하자 이에 불복하며 소송을 제기하려 하면서 매스컴의 뉴스가 나올 때까지도 그를 이해하기보다는 퇴역하고 여성으로 새 삶을 사는 것이 맞다는 생각에 그를 동조하지 않다가 스스로 생을 마감했다는 뉴스를 접하고는 그의 속 사정을 헤아리지 못했다는 나의 짧은 생각에 부끄러움을 느낀 적이 있다.

자신의 정체성에 대해 얼마나 많은 나날을 고민하고 괴로워했을까.

자신의 선택권 없이 부모로부터 받은 육체, 감정의 성에 대한 혼란스러운 정체성에 대해 죽음을 선택할 만큼 그의 헤아릴 수 없는 엄청난 고통과 고민을 생각하며 느낀 감정이다.

화창한 날씨에 중절모와 멋진 선글라스를 쓴 어르신이 고속도로 휴게실 앞 쓰레기통 옆에서 음료수를 마시고 서 있는 듯싶더니, 먹고 난 플라스틱병을 일반 쓰레기통에 넣는다.

"아니 젊잖은 사람이 옆에 재활용 쓰레기통도 있는데, 그리고 힘든 것도 아닌데." 하는 생각에 한마디 하려는데, 왠 여성이 종종걸음으로 다가와 팔짱을 끼며 데려간다.

"아빠, 앞에 계단 있어 천천히, 조심해…."

눈앞에 보이는 빙산의 일각만 보고 생각하고 판단하기에 앞서, 나의 가치관 그리고 삶의 기준과 다른 행동이 눈앞에 나타나더라도 눈에 보이지 않는 그들의 속사정을 헤아리며, 역지사지의 배려와 이해하려는 여유 있고 덕 있는 나의 행동과 반응이 필요한 이유이다.

　다 그러려니.

- 3차선에서 갑자기 좌회전하려 1차선으로 끼어드는 바람에 2차선으로 달리던 중 급정거를 하며 욕지거리를 퍼부으며 창문을 열어보니, 60대 후반 여성이 연신 머리를 조아린다.

"죄송해요, 급한 김에 신호만 보고 그냥, 너무 죄송합니다."

순간 상대의 입장을 배려 못하고 성급했던 나 자신에 부끄러움을 느끼며, 열의 생각

인생 살아보니

인생 살아보니

길다면 길고 짧다면 짧은 나의 여정, 그렇게 앞만 보고 뛰어왔는데, 뒤돌아보니 내세울 만한 큰 그림 없이 그리 대단한 것도 자랑할 것도 아닌 듯하다.

어릴 적에 안경 쓴 아이들은 내가 넘볼 수 없는 수재들로 우러러보았고, 선생님과 교수님들은 존경의 대상이었으며, 정치하는 국회의원들과 대통령들은 내 눈에 비추어진 영웅들이고, 내가 모셔왔던 직장의 선배들은 나의 경이로운 대상이요, 과거 책 속의 위인들은 영원한 나의 롤모델들 이었다.

인생 부딪혀보니 안경 쓴 아이들 다수는 성적과 상관없이 단지 눈이 나쁜 것뿐이었고, 스타 강사나 유명 교수들도 접해보면 미래의 인재양성을 위한 참교육보다는 알량한 지식을 바탕으로 현실성 없는 이론에 치중한 부를 쫓는 졸부들이 많았고, 다수의 정치인들은 권력을 지향하는 사람들로 정의라는 이름으로 또는 국민이라는 이름을 팔아 내로남불식의 불법과 비지성적 행동을 일삼는 그야말로 저급한 인간들이고 보면 참으로 우주의 삼라만상 속의 바닷가 모래알보다 작은 인간이 순간이라는 인생을 살면서 아등바등대는 모습에 쓴웃음이 나며, 한 줌의 흙으로 사라지는 그들의 삶에 무상함을 느낀다.

한 시대를 풍미하며 세상을 바꾸어 놓은 위인들도 사막 속의 신기루처럼 한 줌의 흙으로 사라져 버리고, 지점장, 팀장, 본부장, 사업부장을 거치며 승승장구하던 때 가졌던 "큰 바위 얼굴은 그 누구도 아니고, 성실한 마음으로 하나하나 성취를 이루어가는 과정 속에서 나 자신의 얼굴이 아닌가" 하는 생각도 돌아보니 다 부질없는 것이었다.

높은 직책 아래 따르던 많은 인재들은 다 어디로 갔으며, 주변의 동료 친구들은 또 어디로 갔단 말인가.

그동안 살아왔던 작은 세상에서 벗어나 마음을 비우고 눈에 비친 다른 세상을 돌아보니, 지구라는 행성에서의 삶 그리 대단하고 위대한 것도 아닌 듯하다.

화려하게 나를 기다리고 있을 것만 같았던 인생 2막.

세상이 나를 버렸다.

하루 백수십 통씩 하던 각종 보고서 및 품의서 등 이 메일과 메시지가 끊기고, 수십 개국을 넘나들며 간직해 두었던 수백 장의 명함들도 휴지로 변해 버리고 말았다.

나를 찾아 불통나던 전화도 침묵하기는 마찬가지다.

새벽에 일어나 운동하고 출근하던 나의 생활 습관을 바꿀 수는 없었고, 하루아침에 어디 갈 곳이 없다는 사실은 인내하여야 할 현실이지만, 때때로 미어지듯 나의 가슴을 아리게 하는 것은 180도 바뀌어버린

내 앞의 현실들이다.

퇴임에 따르는 당연한 현실이지만, 퇴임하던 날 몇몇 직원들과 고별 회식 후 법인카드가 효력 정지되었음을 알았을 때, 묵묵히 지시에 따르던 운전기사가 이미 후속 업무지침을 받았다며 퇴임 후 첫날 나의 마지막 기사 서비스 요청을 외면하던 때, 그 많던 카톡의 메시지들이 신기루처럼 사라지고 조용하고 깨끗한 핸드폰을 열어보는 순간들, 홀로 점심을 대하고 있을 때, 저녁시간 단체 손님들로 가득한 음식점을 홀로 들어설 때, 종일 누구와도 대화 없이 앉아 있다가 일어서는 순간들, 이런 것들이 순간순간 나의 가슴을 울컥 아리게 만드는 것들이다.

이력서도 Head Hunter들을 상대로 몇 군데 넣어두었지만, 경영자로서 이 나이에 나를 찾는 곳은 없었고, 몇몇 중소업체에서 모사를 대상으로 하는 영업을 목적으로 활용하려는 일회용 바지사장을 원하고 있을 뿐 진정 경영자를 원하는 곳은 없었다.

CEO를 공모하던 공공기업체나 일부 기업체들도 들러리로 면접을 봤을 뿐이고, 일부 중소기업체는 모사로부터 연간 일정량의 물량을 수주해주겠다는 조건부 CEO 자리를 제의하기도 했다.

이러한 제안을 받은 뒤로는 구직에 대한 기대를 저버렸다.

새로운 세계에 대한 도전이 시작되었다.

여행, 책 읽기, 전문 투자자, 각종 자격증 취득 그리고 버킷 리스트까지 지금도 진행형이다.

도전과 성취, 열정이 있는 삶

소장으로, PM으로 맡겨진 임무에 대한 목표를 달성하고 이루어낸 성취감에 취해 살아온 인생이었다.

일이 좋았다기보다는 열정을 가지고 최선을 다했던 일에 원하던 결과물을 이루어낸 성취감이야말로 나의 인생을 이끌어온 원동력이 아니었나 싶다.

성격상 남들은 그리도 신경 쓰던 인사고과는 별로 신경 쓰지도 않았지만 관심도 없었다.

그저 진급발표 시 진급이 누락되면 하루 이틀 술 마시고, 방황하다 다시 맡겨진 일에 정진하곤 했고, 월급을 얼마 받는지, 년 차나 월차 휴가는 더더욱 모르고 살아왔다.

일인 지점장 겸 법인장이 회사를 비울 수 없다는 생각에 잠시 짬을 내어 2박 3일 해변에 다녀오는 것이 고작이었고, 회사의 자랑스러운 모범상을 받아 금일봉과 제주 휴가권을 받아 다녀온 것이 기억에 남는다.

그렇게 고과나 연월차, 수당 그리고 PS나 보너스에는 관심 없이 오로지 성공적 공사, 사업 수행을 위해 미련스럽게 살아온 인생인지 모르지만, 그 끝에 내게 찾아오는 성취감은 그 무엇과도 바꿀 수 없는 행복과 희열이었다.

인생에 있어 성취감이야말로 자신이 살아있음을 증명해주는 것이 아닌가, 성취를 이루려면 도전이 있어야 한다.

지금까지 나름의 도전이 있었고, 성취도 있었지만, 이 나이에 또 다른 도전은 무엇을 위한 무슨 도전이어야 하나.
아직도 새로운 도전과 성취에 목말라 있다.

지금 이 순간 도전이 없다면, 죽음을 기다리는 인생과 무엇이 다른가?

인생을 길게 사는 것보다는 많이 살아야 한다

먹을까 말까, 먹지 말아야 한다.

살까 말까, 사지 말아야 한다.

먹는 것과 사는 것은 망설여가면서까지 먹거나 살 필요는 없다.

볼까 말까, 보아야 한다.

갈까 말까, 가야 한다.

할까 말까, 해야 한다.

단 한 번뿐인 인생에서 가 보는 것과 해 보는 것은 망설일 필요가 없다. 경험을 쌓아야 한다는 것이고, 이는 곧 많이 산다는 뜻이다.

긴 수명을 살면서 변화 없는 평범한 하루하루를 보낸 인생보다도, 더 짧은 인생을 살더라도 많은 경험을 했다면 짧지만 많이 산 것이고 좀 더 가치 있고 스토리가 있는 삶인 것이다.

많은 경험은 지혜를 키우고, 편협심을 줄이고 사람을 겸손하게 만든다.

많이 산다는 것은 인생을 폭넓게 경험하며 살아가는 것이다.

지금까지 출장으로, 여행으로 세계 45개국 이상을 방문했던 것으로 기억하는데, 아직도 가보지 못한 곳에 대한 아쉬움과 경험해 보지 못한 것들에 대한 호기심은 버킷리스트가 되어 아직도 갈증으로 나를 목마르게 한다.

길게 산다는 것보다는 많이 산다는 것이 중요한 이유다.

인생은 줄이다, 사람을 잘 만나야 한다

요즈음 황혼 이혼이 많다고 한다.

부모라는 책임감 때문에 차마 헤어질 수 없어 견디고 살다가, 자식이 독립하게 되면 각자의 길을 가는 것이다.

게으르고 무능한 사람, 폭력적인 사람, 소비 벽이 심하고 사치성이 강한 사람, 도박에 빠지거나 이성 간의 만남으로 가정을 파탄에 이르게 하는 것은 잘못된 만남이며 인연이다.

모두가 사람을 잘 못 만난 탓이다.

직장이나 사회에서도 잘못된 만남이나 좋은 인연은 그의 인생을 망하게, 흥하게도 한다.

지금은 고인이 되신 분이지만, 첫 직장에서 끝까지 나를 지지해주고, 내 편이 되어주시던 분이 있었다.

첫 해외 근무 시절 많은 것을 지도해 주시고, 직장경력에 많은 영향을 주었던 분이다.

직장생활 6년 만에 독립을 하겠다면서 사직서를 제출했더니, 사직을 끝까지 만류하다 나의 고집을 꺾지 못하자, 해보고 아니다 싶으면 언제든 다시 돌아오라고 사직서 수리를 6개월간 처리하지 않고 기다려 주시던 분이다.

훗날 경력 입사한 회사와의 상거래가 있던 때에, 회사까지 찾아와 나의 상사에게 나를 진급시켜 주는 조건부 계약을 제시할 정도로 나를 응원해 주시던 분이다.

25년 이상 근무했던 회사에서도 해외 현장 소장으로, PM으로, 지점장으로, 팀장, 임원 그리고 본부장으로 추천해주고 이끌어 주고, 지원해 주셨던 분들이 많다.

지금의 내가 있기까지 부족한 나를 믿고 이끌어 주신 많은 분들이 있었고, 그분들 덕에 나의 인생이 나름 값진 삶이 되었다는 생각에 그저 감사할 따름이다.

어느 조직에서나 그렇듯 직급이 높아질수록 더 많은 질투와 시기를 받게 되고, 많은 가짜 뉴스로 투서를 받기도 한다.

내가 모시던 사장님 중에는 역량 있는 인재를 발굴하고, 이들에게 기회를 주기 위해 무던히도 노력했던 분이 계셨다.

개인의 감정이 이입될 수 있다는 우려 속에 인사 팀장 외에 감사 팀장과 주변 인물을 통해 인물 평가를 다각도로 실시하였고, 신뢰가 가면 끝까지 믿고 지원해 주는 식이다.

나를 시기하며 가짜 뉴스로 투서한 내용의 편지를 오히려 내게 보내주며, 격려와 함께 끝까지 신뢰를 보여주시던 분이다.

줄을 잘 서고, 사람을 잘 만나려면 어떻게 해야 하는가?

운명으로 치부하기보다는 좀 더 나은 사회, 즉 High Society에 속하려는 자신의 노력이 있어야 한다.

무엇보다도 속해있는 조직 속에서, 상사는 물론 조직원 모두로부터 신뢰와 믿음을 받을 수 있도록 맡은 바 소임에 최선을 다해야 한다.

새로운 직책에 추천을 받을 수 있도록, 또한 추천을 받아도 모두가 수긍할 수 있도록 자신에 대한 능력과 덕을 쌓아야 한다.

대기업 잘 나가는 회사에 입사하면, 그렇지 않은 사람에 비해 부의 창출을 이룰 수 있는 기회가 남들보다는 많고, 조직 구성원 스스로 세계 최고가 되겠다는 용트림으로 살아 움직이는 유기체와 같은 조직에서는 능력 있는 사람을 만날 수 있는 기회가 많은 것이 사실이다.

의사 집안에서는 의사가, 법조계 집안에서는 법조계 자손이, 정치계에서는 정치에 입문하는 자식이 많은 것과 같은 이치인 것이다.

가까이 보고 느끼고 행동하게 되기 때문이다.

나는 공무원들에 대한 선입견이 그다지 좋지 않다.

그들의 조직이 살아있는 유기체처럼 생동감이 있고 스스로 독창적이기보다는 관료주의적이고 수동적이기에, 그러한 조직문화 속에서 존재하는 공무원들은 마치 서서히 온도를 높여가는 비커 속의 개구리가 죽어가는 것처럼 환경의 변화를 느끼지 못하는 수동적 사람들이 많기 때문이다.

실패의 위험을 안고 추진해야 하는 도전이란 없고, 사업이 안 되어 적자로 돌아서고, 일거리도 없어지면 집으로 가야 한다는 위기의식도 없이, 국민의 세금으로 이어가는 조직이라, 친절과 봉사를 강조하지만 가짜 웃음에 가짜 친절 그리고 융통성 없는 각본에 짜인 절차와 형식을 따르는 사람들이 많다.

지금이 편하다는 이유로, 도전이 없는 인생은 눈에 보이듯 뻔한 미래이고 보면, 구조적 혁신이 필요한 조직임에도 지금을 만족하며 살아가는 사람들, 내가 접해본 공무원들 다수는 그렇다.

인생은 줄이고, 윗사람이든 아랫사람이든 사람을 잘 만나야 하는데, 사람을 잘 만나려면 항상 좀 더 나은 조직, 좀 더 높은 Society에 속하려는 자신의 노력이 절대 필요하다.

성격이 인생을 만든다. 치열하게 살아야 한다

아마추어 골퍼는 세컨드 샷에 그린을 조준하고 샷을 하게 되고, 대부분 그린 주변에 못 미치거나 그린 주변에 떨어지게 되는데 반해, 프로들은 그린의 경사들을 고려하여 깃대나 경사도에 따른 정확한 지점을 타깃으로 샷을 하기 때문에 그린 적중률이 높은 것이다.

즉 남들보다는 좀 더 섬세해야 한다.

사물을 보더라도 남들보다는 좀 더 섬세한 관찰력이 필요하고 아주 세심한 차이가 활을 떠난 화살처럼 나중에 큰 차이를 만드는 것이다.

인생을 대충대충 살아서는 안 된다.

항상 시행착오가 따르기 때문이다.

미래에 추진할 일에 대해서도 시행착오를 줄이려면, 미리 머릿속에서 그날 발생할 일들과 돌발 변수들을 생각하고 준비해야 한다.

때에 따라서는 Plan B도 고려해 두어야 한다.

세상일이 나의 의지와는 무관하게 일어나고, 나의 계획 중 다수는 이러한 나의 의지와는 무관한 일들에 의해 이루어지기 때문이다.

이건희 회장께서 신경영시절 절대로 인력을 감축시키지 않고, 끌어안고 갈 테니 능력이 안 되는 자들은 뒷다리만 잡지 말라는 말씀을 자주

하셨는데, IMF 시기 왜 이 약속을 지키지 않느냐며 씩씩대며 명예퇴직 대상이 되어 회사를 떠난 사람들이 많았다.

하지만 이들 대부분은 대충대충 회사 생활을 한 친구들이다.

IMF 시기 그래도 많은 인력이 집으로 갔지만 치열하게 살아왔던 인력들은 결코 회사를 떠나지 않았다.

부지런하고 높이 나는 새가 먹이를 많이 찾는다.

세상이 아무리 어렵게 변한다 해도, 남들보다 좀 더 부지런하고, 좀 더 세심히 그리고 최선의 노력을 한다면 대다수 남들보다는 앞서게 되는 것이다.

아무리 능력 있고 뛰어난 역량을 갖추었다 해도 혼자 할 수 있는 일은 없다.

항상 조직의 힘으로 운영되고 성사되기에, 조직 속의 나는 자신의 나보다는 사람과의 관계를 중시하고 적을 만들지 않으며 덕을 쌓아 가야 한다.

혼자 할 수 있는 일은 전문가의 길이요, 많은 일과 큰일을 하는 것은 사람을 다루어야 하는 리더의 길이기 때문이다.

성격이 습관을 만들고, 습관이 그 사람의 인생을 만들기 때문이다.

항상 20%, 그 이상 부족한 것이 인생

어린 시절에는 먹을 것이 늘 부족하고 배가 많이 고팠다.

길에 떨어져 있는 하얀 것이 꼭 떡처럼 보여 담벼락 옆에서 몰래 숨어 보다가, 남들이 보이지 않자 홀딱 입속으로 집어넣고는 오물오물 씹다가 역한 비린 냄새에 씹히는 감촉이 비누 조각이었던 것을 알고 토해 내었던 일은 지금도 나를 웃음 짓게 한다.

중학 시절에는 버스 승차표를 매점에서 한 장 팔아 튀김만두와 바꾸어 먹고 집까지 걸어오곤 했던 일, 대학 시절 기분 좋게 마시던 막걸리와 오징어튀김은 마음껏 먹어보질 못해 지금껏 아쉬움이 남는다.

신혼생활은 셋방살이에 항상 궁핍했고 절약을 최고의 가치로 살았던 시기인 만큼 늘 먹을거리가 부족했다.

좋아하는 만두, 떡볶이, 어묵조차 자주 먹을 수 없는 처지였고, 한 달에 한 번 동키 치킨 반 마리도 늘 부족했고, 월급날이 다가오는 주에는 콩나물밥을 자주 먹었던 기억이다.

그렇게 유년 시절과 젊은 시절에는 돈이 늘 부족했다.

임원이 되면서는 그렇게도 시간이 부족했다.

휴가를 제대로 가본 적이 있었는지 기억하기 힘들다.

출장지 호텔 수영장 옆에서 한가롭게 일광욕을 즐기는 외국인들을 바라보면서 부러워했던 생각들이다.

해야 할 일들, 챙겨야 할 일들, 그리고 하고 싶은 일들이 그리도 많았다.

여행도 하고 싶었지만, 포기했어야 했고, 가보고 싶은 산도 많았고, 경영자로서 읽고 싶은 또한 읽어야 할 책들도 많았지만 줄거리 요약본으로 대체해야 할 정도로 늘 시간이 부족했다.

이제 인생 2막.

채워지지 않는 도전과 성취욕.

인생 2막에 있어서 항상 채워지지 않는, 내 인생의 버팀목이 되어 주었던 도전과 성취욕은 언제나 부족하고 아쉽다.

그리고 건강.

이제 좀 여유가 생기니 몸이 문제다.

그리도 자주 다니던 산도 아내의 천식과 다리 통증으로 이제 함께 다니질 못한다.

좋아하던 골프도 지금은 진통제를 먹어가며, 테니스 엘보의 고통을 감내하며 제한적으로 즐기지만, 언제 못하게 될지 걱정이다.

아픔과 몸의 고장은 온몸에 돌아가면서 나타나고, 하고 싶은 일에 제약이 점점 많아진다.

좋아하는 책을 오래 볼 수가 없다.

눈물이 나고 눈이 시려 오기 때문이다.

집중력도 떨어져 중간쯤 읽다 보면 앞부분 내용이 감감해지고 스토리가 흐트러진다.

콧물이 끊임없이 흐른다.
돌아가신 엄마가 그리도 코를 흘려, 밥상을 따로 차려 드렸는데 내가
이제 그렇다.

입맛이 많이 떨어졌다.
예전엔 김치나 별스럽지 않은 음식도 맛나게 먹었는데, 아무리 고급
스런 호텔 뷔페에 가보아도 그리 입맛이 나질 않는다.
좋아하던 음식도 갑자기 싫어지기도 하고, 입놀림이 둔해 식사 중 혀
를 씹는 일이 자주 발생하곤 한다.

온몸이 여기저기 괜스레 가렵고 긁기 시작하면 끝이 없다.
항히스타민제를 계속 먹어야 하는 이유이다.

쉽게 끓어오르던 감정들, 젊어서 없던 눈물만 늘었다.
"노세 노세 젊어서 노세" 공감 가는 말이다.

늙는다는 것은 슬픈 일이다.
젊어서는 돈이 없었고, 결혼 후에는 돈과 시간이, 임원이 된 후로는
시간이 절대적으로 부족했으며 그리고 이제 늙어가면서는 할 수 있는
일이 줄어들고 건강이 항상 걱정이다.

늘 무언가가 부족했던 그리고 부족한 것이 인생인 것이다.

무언가 부족한 인생을 채우려면, 촌음을 아껴 쓰며 열심히, 아낌없이 살아야 한다.

이기적 유전자의 인간들,
인생을 살면서 의리는 있어야 한다

우리는 지구를 중심으로 우주가 돌고, 나를 중심으로 세상이 돈다고 생각하고 행동한다.

세상은 나를 중심으로 돌아가지 않지만, 이기적 유전자를 갖고 있는 나는 나를 중심으로 세상을 바라본다.

하지만 우주 속 지구라는 행성의 공간 속에서 존재의 의미도 찾기 힘든 인간이 영겁이라는 세월 속 100년도 못사는 찰나를 살면서 아등바등 떠들어 대는 것을 보면, 어찌 보면 하루살이의 눈으로 세상을 논하는 것과 무엇이 다르겠는가.

세상은 내 눈에 보이는 것보다도, 내 눈에 보이지 않은 것들로 인해 움직이는데, 내 눈에 보이는 것만이 옳고, 나를 기준으로 생각하고 행동하는 것이다.

존재의 의미 없이 순간을 살아가는 우리의 자신을 깊이 생각해 보면, 인간이 무슨 행동을 하던 그것은 겸손하지 못한 행동임에 틀림이 없다.

지금의 내가 있기까지에는 부모님, 선생님, 직장 상사, 그리고 많은 선후배가 있었기에 가능한 일이기에, 자신의 업적이라 치부하기 전에 항상 그들에게 감사해야 한다.

자신의 인생에 전환점이 되게 해준 분들, 자신의 인생에 있어서 도움을 준 분들 즉, SO(Significant Others)에 대해서 감사하는 마음을 잊어서는 안 될 것이다.

인생을 살아가면서 기본적인 의리가 있어야 하는 이유다.

의리 있게 산다는 것은 무엇인가?

우선 어려운 상황 속에서도 자신의 신념을 굽히지 않으며, 사소한 약속이라도 끝까지 지키고, 타인을 존중하며 순간의 이익을 위해 인연이 맺어준 남과의 관계를 저버리지 않고 살아가는 것이다.

삼국지의 유비는 의형제를 맺은 관우, 장비와의 의리를 끝까지 저버리지 않았으며, 적진을 뚫고 자신의 아들을 구해온 조자룡 앞에서 자식을 던져 보임으로서 부하에 대한 자신의 마음을 표현하기도 했다.

단 한 번의 인생길에서 남에게 베풀고, 헌신하지는 못할지라도 인생길에 도움을 주었던 감사한 이들에게 최소한의 예의는 지킬 줄 아는 기본적 의리는 갖고 살아야 한다.

이 행성에서의 단 한 번뿐인 삶, 남을 배려하고 도움을 주지는 못할망정 빚은 지지 말고 가야 하기 때문이다.

인생, 끝까지 포기하지 말아야 한다

"이만하면 됐지라고 생각하는 순간 인생은 거기까지."

긴장의 끈을 놓는 순간, 그것이 자신의 마지막이 되는 것이다.

또한 한순간의 방심이 위기를 불러올 수 있고, 자신도 모르는 사이에 돌이킬 수 없는 실수를 할 수 있기 때문에 긴장의 끈을 놓지 말아야 한다.

끝까지 포기하지 말아야 하는 이유는 미래의 가능성 때문이다.

인생은 예측할 수 없고, 지금 당장 어려움에 처해 있더라도 앞으로 어떤 기회가 있을지 모른다.

포기하지 않고 계속 나아가다 보면 예상치 못한 곳에서 새로운 기회를 발견할 수 있기 때문이다.

막내였던 아내와 결혼 후 한달쯤 지났을까, 아버님이 뇌졸중으로 쓰러지셨고, 2년이 지나지 않아 장인어른이 돌아가셨다.

두 분 다 인생의 의무를 다하셨다 생각하고 긴장의 끈을 놓았던 것은 아닌지 되돌아본다.

"포기하지 않는 한 실패는 없다."
"인간은 파괴될지언정 패배하지 않는다."

노인과 바다에 나오는 말이다.

인간이 동물과 다른 것은 꿈이 있기 때문이다.

산다는 것은 꿈을 가지는 것이고, 꿈을 포기하면 죽은 것과 같다.

이 나이에도 작은 꿈을 포기하지 않고, 도전하는 이유는 내 자신이 살아 있음을 증명하기 위한 것이다.

절대로 숨이 붙어 있는 한 꿈을 포기해서는 안 되는 이유이기도 하다.

인생 2막

30년 가까이 부모의 도움으로 공부하고, 30년 넘게 가족을 부양하며 경제적 활동을 하느라 앞만 보고 달려왔다면, 60세를 넘어서 인생 2막은 나름의 인생의 가치를 추구하며 즐기며 살아야 한다.

하지만 노년 빈곤율이 OECD 국가 중 최고이고, 65세 이상 부부가구의 경우 2024년 기준 월 소득 340만 원 이하(부동산 소유 등 재산 환산금액 포함) 빈곤층에게 지급하는 기초연금 대상자가 70%를 넘는다고 하니 안타까운 일이다.

건강을 위해 소일거리로 한다지만, 나이 들어 할 수 있는 일이라는 것이 택시나 버스 기사, 대리운전, 택배, 경비, 음식점 알바, 청소부, 폐지 줍기, 구청에서 시간당 주어지는 꽁초 줍기, 모기퇴치 약 뿌리기 등 전문기술이나 고부가가치의 일이 아니다 보니 가장 아름다워야 할 노년이 힘들어지는 것이다.

인생 2막을 운운하기 위해서는 기본적으로 경제적 자립이 필요하다.

부모로부터 자산을 물려받거나, 사업해서 큰 성공을 거둔 1%도 되지 않는 인력을 제외하고, 교사나 군인 그리고 공무원으로, 대기업 또는 중소기업에서 정년퇴직하는 대다수의 경우 인생 2막을 즐기고 여유를 부릴만한 위치에 있지 않으며 그리 여유롭지 않은 삶을 보내야 하는 것이다.

사람은 초조해지면 치사해지는 법이다.

스스로 고정적인 부의 창출, 즉 고정적 수입이 없다면, 씀씀이에 옹졸해지는 것이고 자연스레 외톨이가 되어간다.

인생에서 피해야 할 것 세 가지 "초년출세", "중년상처", "노년빈곤" 중에서 노년빈곤은 시간적으로 다시 재기해 볼 수 없다는 점에서 가장 슬픈 일이다.

준비된 노후 자금만이 인생 2막이 있는 것이다.

사실 내가 무엇을 잘하는지, 무엇을 좋아하는지 정확히 알지 못한다.

노래, 악기 다루기, 미술, 목공이나 운동 등 대부분 남들보다 재주가 있어 보이지 않는다.

그렇다고 남은 여정을 미치도록 빠져 살 수 있도록 좋아하는 것도 찾기 힘들다.

등산, 낚시나 골프를 좋아하지만, 인생에 가치가 있는 것은 아니기에 며칠을 해보면 이내 식상하고 허무한 마음이다.

취미 삼아 짬짬이 하는 것으로는 좋은 일임에 틀림이 없다.

하지만 인생 2막을 취미생활로 일관할 수는 없는 일이다.

도시 생활이 싫어 전원생활을 한다는 것도 어쩌다 한 달이지, 편리한 도시 생활을 접고 시골 생활을 한다는 것은 불편하고 힘들고 때로는 밤이 무서운 생활이 될 수도 있다.

노후자금이 준비됐다고 해서 하루아침에 성공적인 인생 2막을 만들어 갈 수는 없는 일인 것이다.

미리미리 준비해 두어야 하는 것이고, 정작 때가 되면 인생 2막을 차근차근 만들어 가야 한다.

여행도 하고, 책도 읽고, 골프도 치고, 친구도 만나 술도 나누고, 가끔은 전원생활도 즐기며, 나름의 가치 있는 일을 찾아 스스로의 위안을 가질 수 있다면 성공적인 인생 2막이 아닌가 싶다.

본인 스스로가 만족하고 작은 일에도 행복을 찾을 수 있어야 한다.

재임 시절 소장이나 PM들을 대상으로 리더십 강의를 하면 가장 많이 받는 질문이 "인생 2막 어떻게 준비하시나요?"이었다.

그때에는 생각하지도 않았던 인생 2막에 대해 나의 답변은 "인생 2막에 대한 준비는 현재 지금 주어진 일에 최선을 다하는 길"이라고 했다.

지금 최선을 다해 성공적인 1막을 마치면, 자연 2막은 준비가 된다는 뜻인데, 지금 돌이켜 보면 틀린 답변이라는 생각이다.

그 당시 너무 바빠 인생 2막을 생각조차 할 수 없었던 시기에, 나 자신은 못하더라도 나름의 준비는 해야 한다고 답을 했어야 했는데 말이다.

인생 2막, 준비한 자만이 가질 수 있는 특권이다.

건강하게 산다는 것

건강은 행복하고 성공적인 삶을 살아가는데 필수적인 요소이며, 인생의 근간이 되는 자산이다.

젊어서 병으로 경제활동을 못 한다거나 일찍 생을 마감하게 된다면, 남아있는 가족에게는 엄청난 슬픔과 고통을 안겨줄 것이다.

어찌 보면 가족에 대해 무책임한 것인지도 모른다.

한쪽 팔을 가슴부위까지 반 접어 올리고 다리를 절룩거리며 걷고 있는 사람들.

주변에서 흔히 볼 수 있는 환자들로, 뇌졸중 후유증으로 반신불수가 된 경우이다.

몸을 움직이지 못해 침대에 의존해야 하는 경우보다는 낫지만, 그래도 스스로 모든 것을 해결하지 못하고 주변의 도움을 받아야 하는 처지인 것이다.

하루아침에 생활이 100% 바뀌어버려, 그동안 미루어왔던 여행이나 자신의 취미생활 등 모든 것을 잃어버리고 말았다.

무엇보다도 안타까운 것은 머릿속 생각이나 사고는 변함없이 멀쩡한데, 몸이 말을 안 듣다 보니 자신의 모습에 스스로 한없는 자괴감과 슬픔에 잠겨 눈물로 세월을 보내며 100% 회복이 안 되다 보니 잔여 인생을 불편한 생으로 마감하는 것이다.

아버님이 그랬다.

젊어서 건강에 대해서는 나름 걱정을 하지 않아서인지 운동을 하지 않다가, 40대 중반 마라톤 동호회에 열심이었던 동료 회사원과의 2시간 내에 완주 못할 것 없다는 허풍을 떨며, 하프 마라톤 도전에 대한 약속을 술자리에서 하고 말았다.

우습게 알았던 Sub Two, 즉 2시간 내 하프 마라톤 도전은 시속 10㎞ 이상으로 2시간 이내에 뛰어서 21㎞ 구간을 돌파해야 하는 것이다.

회사 동호회는 시도 협회 주관 마라톤 대회에 단체 등록을 하며 참여하는데, 대회 1개월을 남기고 한강 변을 한번 뛰어 보았지만, 5㎞도 못 뛰고 그만 주저앉고 말았다.

허리 통증에 온몸이 아프고, 숨이 차서 도저히 뛸 수가 없었다.

자존심에 한 달 Fitness Center 등록을 하고, 담배도 끊고 연습을 한 덕에 첫 도전한 하프 마라톤에 2분을 당겨 1시간 58분에 주파했던 것으로 기억한다.

이후 5번 도전한 하프 마라톤은 모두 성공적으로 2시간 내에 주파하였고, 담배를 끊는 계기가 되었다.

둘째 늦둥이를 마흔 넘어 갖다 보니, 70세까지는 경제 활동을 해야 한다는 책임감에 지금까지도 하루 1시간의 운동은 그치지 않고 있다.

그 후 20년 넘게 이어온 지금 "하루 1시간 투자로 23시간을 건강하게"가 나의 모토가 되었다.

그래도 정부에서 공인하는 65세 이상 노인으로 분류가 되었고, 70세를 앞두고 있으니 건강에 대해서 두려움이 앞선다.

죽음이 두렵다기보다는 죽어가는 과정이 두려운 것이다.
특히 아내가 한해가 다르게 약해지는 모습을 보면 더욱 초조해지고 두려운 마음이다.
온몸이 종합 병원인 셈인데, 특히 오랫동안 고통받고 있는 천식으로 등산은커녕, 호흡을 못 해 밤새 잠을 이루지 못하고 기침을 해대는 모습을 볼 때면 안타깝기 그지없다.

둘 중 한 사람이 병으로 쓰러지면, 생활이 180도 바뀌고 만다는 사실을 너무도 잘 알기에 겁나고, 조심스러운 것이다.
전직 회사 동료의 자녀 결혼식장에서 만난 한 옛 동료는 아내의 병수발로 1년 만의 외출이라 고하니 안타깝기 그지없다.
아프신 부모를 모셔봤기에, 늙어 거동이 불편한 몸을 자식들에게 맡기고 싶지는 않다.
그렇기에 불안하고 두려운 것이다.

갈 때는 모두에게 축복받고 고통 없이 사랑한다는 말을 남기고 잠들듯이 가고 싶은 이유이기도 하다.
살아있는 동안은 건강을 유지하고, 아주 짧게 고통 없이 주변에 어려움을 남기지 말고 눈을 감기 위해 하루 1시간의 고통을 감내하는 이유이기도 하다.

지금이 남아있는 내 인생에서 가장 젊은 때이다.

"Today is the first day of the rest of your life."

건강, 조금이라도 젊었을 때 지켜야 하기에, 지금 지켜야 한다.

인생에 내일은 없다

지금이 왜 중요한가?

지금만이 유일하게 존재하고, 삶은 지금인 것이다.

어떠한 일도 과거 속에 일어날 수 없고, 과거 일도 지금 속에서 일어난 것이다.

어떠한 일도 미래 속에서 일어날 수 없고, 미래의 일도 지금 속에서 일어날 것이다.

과거는 마음속에 저장된 지금에 대한 기억의 흔적이고, 미래는 마음의 투사물로 상상 속의 지금이다.

당신이 가진 모든 것은 현재의 순간일 뿐이다.

당신은 오직 지금 이 순간을 살 뿐이다.

불안, 초조, 긴장, 스트레스, 걱정 따위의 두려움은 미래에 매달리고 현재에 머물지 못하기 때문이며, 죄책감, 후회, 원망, 한탄, 슬픔, 비탄 따위도 과거에 집착하고 현재에 있지 못하기 때문에 생겨나는 것이다.

삶의 목적 달성과 희망을 명분으로 내일을 기다리다 사라져 버린 오늘을 살아간다면, 오늘은 아직 오지 않은 미래의 과거로 살게 된다.

오늘의 삶을 유보하고 목적을 지나치게 강조하다 보면, 오늘의 삶은 영원히 수단이 되어 버리고 만다.

삶보다 더 큰 이유가 있다면, 이 이유를 명분으로 삶을 포기하는 경우가 발생한다.

> "삶에 "나중"이라는 계절은 없다.
> 하고 싶은 것이 있다면 지금 해야 한다.
> 지금 떠나고, 지금 설레고, 지금 사랑하며 살아야 한다."
>
> — 이정현

그래도 세상은 한 번쯤 살아볼 만은 하다.

"개똥밭에 굴러도 이승이 저승보다 낫다"라는 말이 있다지만, 인생을 살면서 누군가를 한 번쯤은 사랑했다는 것만으로도 살아볼 가치 있는 삶이라 생각한다.

장자의 사상 중 "소요유(逍遙遊)"라는 것이 있다.

장자 사상의 중요한 특징은 인생을 바쁘게 살지 말라는 것이다.

하늘이 내려준 하루하루의 삶을 그 자체로서 중히 여기고 감사하며 고마운 마음으로 살아야지, 하루하루를 마치 무슨 목적을 완수하기 위한 수단인 것처럼 기계적 소모적으로 대해서는 안 된다는 것이다.

장자는 우리에게 인생에 있어서 '일'을 권하는 사람이 아니라 '소풍'을 권한 사람이다.

우리는 '일'하러 세상에 온 것도 아니고, '성공'하려고 온 것도 아니다.

그런 것은 다 부차적이고 수단적인 것이다.

우리는 과거 생에 무엇을 잘했는지 모르지만, 하늘로부터 삶을 '선물'로 받은 것이다.

이 우주에는 아직 삶을 선물로 받지 못한 억조창생의 '대기조'들이 우주의 커다란 다락방에 순번을 기다리고 있다.

그러나 최소한 당신과 나는 이 삶을 하늘로부터 선물 받아 이렇게 지금 지구라는 행성에 와 있지 않은가!

삶을 수단시하지 마라. 삶 자체가 목적임을 알라.

이 삶이라는 여행은 무슨 목적지가 따로 있는 것이 아니라, 그 자체가 목적인 것이다.

그러니 이 여행 자체를 즐겨라. 장자가 말한 '소요유(逍遙遊)'란 바로 이런 의미이다.

인생이란 소풍이다. 무슨 목적이 있어서 우리가 세상에 온 것이 아니다.

장자가 말한 '소요유(逍遙遊)'에는 글자 어디를 뜯어봐도 바쁘거나 조급한 흔적이 눈곱만큼도 없다 '소(逍)'자는 소풍 간다는 뜻이고, '요(遙)'자는 멀리 간다는 뜻이며, 유(遊)자는 노닌다는 뜻이다.

즉, '소요유'는 '멀리 소풍 가서 노는 이야기이다.

'소요유(逍遙遊)'는 묘하게도 글자 세 개가 모두 책받침 변(辶_으)로 되어 있다. 책받침 변(辶)은 원래 '착(辵)'에서 온 글자인데, '착'이란 그 뜻이 '쉬엄쉬엄 갈 착(辵)'이다.

그러니 '소요유'를 제대로 하려면 내리 세 번을 쉬어야 한다. 갈 때 쉬고, 올 때 쉬고, 또 중간에 틈나는 대로 쉬고! 참 기막힌 단어가 아닐 수 없다.

지금이 중요한 이유이다.

세상에서 가장 중요한 일은 지금 하고 있는 일, 가장 중요한 사람은 지금 내 앞에 있는 사람이다.

인생에 내일은 없다, 지금을 살아라.

이상한 행성, 지구에서의 삶

존재의 의미도 없는 몸으로, 영겁과도 같은 순간을 살면서 잠깐 다녀가는 삶이기에 더욱 가치 있는 삶.

"인간의 삶, 그 존재만으로 가치가 있다"라고 한다면, 빈둥빈둥 시간을 낭비하는 일 없이, 자신만의 인생 이야기를 만들어가는, 최선을 다하는 삶이라면 그 자체로 아름답다.

이기적인 유전자를 갖는 인간들이 만들어가는 세상은 온통 싸움질 뿐이지만, 그래도 누군가를 사랑하는 삶이라면 살아 볼만하다.

나의 의지와 상관없이 이상한 행성 지구에 온 것 자체가 기적과도 같은 것이고, 엄청난 축복이다.
늘 감사해야 하는 이유이다.

단 한 번뿐인 생, 남을 도울 수 있다면, 다른 사람의 인생에 긍정적인 영향을 줄 수 있다면 정서적 만족감인 Helper's High를 떠나, 이 얼마나 거룩하고 숭고한 일인가.
그러한 입장이 되지 못한다면 나의 인생이 남의 인생에 나쁜 영향을 초래하거나 불편함을 주고 가는 인생은 되지 말아야 하는 이유이다.

불교에서는 옷깃만 스쳐도 전생의 인연이라고 하는데, 인연은 우연이 아닌 필연이다.

모든 만남에는 의미가 있으며 이를 소중히 여길 때 더 큰 의미를 지니기에, 앞으로의 만남을 귀하게 여기며 살아가야 한다.

권력을 내려놓는다는 것은 권위와 통제력을 자발적으로 포기하는 것으로, 권력이란 것은 신기루와 같아 영원하지도 않으며, 자발적이 아니면 타의적 강제적으로 빼앗기게 되어 추한 모습을 보일 수 있다.

권력을 내려놓는다는 것은 개인의 욕심이나 탐욕의 이기심을 극복하고 자신의 행동을 돌이켜보는 자아성찰의 기회로 삼으며 후임자를 위한 아름다운 퇴장을 의미한다.

따라서 이는 인생의 후임자들에 대한 배려와 겸손을 의미하기에 인생의 뒤안길로 접어들면서 배려와 겸손의 마음으로 남은 인생을 정리해 가야 하는 것이다.

삶은 죽음을 알 수 없지만, 죽음은 삶을 인지하기에 지금의 삶을 더욱 값지게 살아야 하며, 지금의 나의 혼이 돌고 도는 영원한 것인지 아니면 죽음과 함께 영원히 나라는 존재를 의식하는 그 무엇은 사라지는지 죽음에 이르러서야 알기에 죽음으로 가는 이 삶은 깨끗한 여정이어야 한다.

이상한 행성 지구에서의 인간 세상은 전쟁과 싸움질로 점철된 세상이지만, 우리 눈에 비춰진 자연은 더없이 아름답기에 비록 지배력과 영향력이 없이 늙어가는 힘없는 노인의 몸이지만 "나 하나쯤이야"라는 마음보다는 "나 하나만이라도" 그 환상적인 모습을 왔다 간 흔적 없이 깨끗하게 보존하고 지키며, 마지막으로 손을 들어 Say "Goodbye with many thanks" 하며 떠나는 길이어야 한다.

- 비록 찰나의 순간이지만, 살아온 날보다 살아갈 날이 더욱 짧기에, 앞으로의 길을 생각하며, 열의 생각

살아가며 힘이 되는 말들

큰 부를 이루기 위한 생각

부에 이르는 비밀은 타인에게 그 누구보다도 많은 도움을 줄 방법을 찾으면 된다. 더 가치 있는 사람이 되면 된다. 더 많이 행동하고 더 많이 베풀고 더 큰 존재가 되고 더 많이 봉사하면 된다.

순간의 통찰이 때로는 평생의 경험에 맞먹는 가치를 발휘한다. / 올리버 휀들 홈스

예측은 궁극적인 힘이라는 사실을 기억하라. 패자는 반응할 뿐이지만, 리더는 예측한다.

미래를 예견하는 가장 좋은 방법은 미래를 발명하는 것이다.

더 가치 있는 사람이 되려면 열심히 일하는 것 이상으로 자신에게 열심히 매진하는 법을 배우는 것이다. 더 많이 벌기 위해서는 더 가치 있는 사람이 되는 것이고, 위대해지길 원한다면 많은 이의 하인이 되는 법을 배워라. 다수를 섬길 방법을 찾는다면 소득도 늘어난다. 이것이 부가가치의 법칙이다.

상식이란 18세까지 습득한 편견의 집합이다. 나는 단 한 번도 이성적 사고를 통해 무언가를 발견한 적이 없다. 논리는 너를 A에서 B로 이끌지만, 상상력은 너를 어떤 곳이든 데리고 갈 것이다. / 아인슈타인

네가 가지지 못한 것을 갈구하느라 네가 가진 것마저 망치지 마라. 기억하라 지금 가진 것도 한때는 네가 꿈꾸기만 했던 것이다. / 에피쿠로스

승리는 가장 많이 인내한 사람의 것이다. 고난의 한가운데 있더라도 노력으로 정복해야 한다. 이것이 진정한 승리의 길이다. / 나폴레옹

내 성공의 비결은 지난 성공을 빨리 잊는 것이다. / 이나모리 가즈오

가진 것이 적을지라도 자신이 가진 것에 감사할 줄 안다면 그 사람이 진정한 부자이다.

공동묘지에서 최고 부자가 되는 것은 나에게는 중요하지 않다. 밤에 잠자리에 들 때 멋진 일을 했다고 말할 수 있는 것이 나에게는 중요하다. / 스티브 잡스

세상에서 성공한 자들의 비결은 그들이 항상 옳기 때문이 아니라 긍정적이기 때문이다. / 데이비드 랜드

발견이란 "모든 사람이 보는 것을 보면서 아무도 생각하지 못한 것을 생각하는 것"이다.

'어떻게 돈을 벌 것인가'보다 더 중요한 것은 '어떻게 세상을 바꿀 것인가'이다.

세상이 불공평해서 실패한 것이 아니다. 내가 열심히 안 해서 실패한 것이다. / 드라마 미생 중

인생이란 원래 불공평한 것이다. 이 사실에 익숙해져라. / 빌 게이츠

성공의 반대는 실패가 아니다. 도전하지 않는 것이다. / 에디슨

인생을 살아가는 마음가짐

연은 순풍이 아니라 역풍에서 가장 높이 난다.

인생은 자전거 타기와 비슷하다. 균형을 유지하려면 계속 움직여야 한다. / 아인슈타인

감사하는 태도야말로 인생을 두려움으로부터 막아준다고 생각한다.
신은 우리의 영혼이 성장하기를 기대한다. 학교에서 시험을 치르듯 신은 우리에게 온갖 시험과 고난을 내리고, 그럼으로써 시험을 치르기 전보다 더 위대한 영혼으로 성장할 수 있게 된다. 그렇기에 삶은 도전이고, 경이롭고 신나는 모험이다. 우리는 신이 우리를 이 행성에 머물도록 허락하는 마지막 날까지 최선을 다해 살아야 하는 이유이다.
살아야 할 "이유"가 있는 사람은 그 어떤 "처지"도 다 이겨낼 수 있다.

영원히 살 것처럼 꿈꾸고, 내일 죽을 것처럼 살아라. / 세비아의 이시도르

Memento Mori(죽음을 기억하라), Carpe Diem(지금 이 순간을 즐겨라).
죽음을 기억하고, 지금 이 순간을 즐겨라.

"죽는 것이 두려운 것이 아니라, 진정으로 살아본 적이 없다는 것이 가장 두려운 일이다." / 빅토르 위고

소중한 순간이 오면 따지지 말고 누려라. 우리에게 내일이 있으리란 보장은 없으니까.

경쟁의 기술은 망각의 기술이다. 우리는 자신의 한계를 잊어야 한다. 자신의 고통과 과거를 잊어야 한다. 이제 그만하자는 내면의 외침, 애원을 무시해야 한다. 이를 무시하지 못하면 세상과 타협해야 한다. / 필 라이트

지나간 일을 후회하는 것보다 더 바보 같은 일은 없다. 사실 그대로를 받아들이고 거기서 교훈을 얻어 의연하게 살아가야 한다. / 니체

지금이 두 번째 인생인 것처럼 그리고 첫 번째를 잘못 살았던 것처럼 살아라. / 빅토르 플랭클린

같은 일을 반복하면서 다른 결과가 나오기를 기대하는 것보다 더 어리석은 생각은 없다. / 아인슈타인

이성적인 사람은 자신을 환경에 적응시키는 반면, 비이성적인 사람은 환경을 자신에게 적응시킨다. 그러므로 모든 진보는

비이성적인 사람에게 달려있다. / 조지 버나드쇼

절대 세상이 당신을 길들이게 하지 마세요. / 이사도라 덩컨

남에게 줄 수 있는 선물 중 가장 훌륭한 선물은 바로 당신의
시간을 주는 것이다. / 영국 속담

순간에 충실하지 않았던 것은 기억에 남질 않는다.
중요한 것은 몇 년을 살았느냐 가 아니라, 몇 년이나 현재를 살려고
노력했느냐이다.

과거나 미래에 집착해 현재의 삶이 손가락 사이로 빠져나가
게 하지 마라. 과거는 역사이고, 미래는 미스터리이며 현재는
선물이다. / 더 글라스 대프트 (코카콜라 CEO)

배추벌레가 나비가 되려면, 번데기 시절을 거쳐야 하듯 혁신을 성공
시키기 위해서는 죽음을 불사하는 자기파괴 과정이 필요하다.

모든 동물은 성교 후에 우울하다. / 클라우디오스 갈레노스

성취 후에 찾아오는 허무함을 또 다른 목표를 향해 나갈 수 있는 동
력으로 찾고 도전하고 경험하라.
인생은 얼마나 빨리 가는가보다 어디로 가는가가 더 중요하다.

돈을 경험, 시간, 관계를 유지하는 데 사용하라. (소유보다는 경험, 사소한 일은 아웃소싱하고 자신을 위한 시간, 좋은 사람과 관계 유지하는 데 돈을 써라)

의문을 지닌 채 현재를 살아라. 그러면 나도 모르게 먼 훗날 답을 지닌 채 살아갈 날이 올 것이다. / 라이너 마리아 릴케

인생에서 가장 큰 위험은 위험을 감수하려 하지 않는 것이다. / 영화 'Little miss sunshine'

목적을 위해 삶을 희생하는 것이 아니라, 평범한 우리 삶을 매 순간 느끼며 살아야 한다.

살아가면서 너무 늦거나 너무 이른 것은 없다. 너는 새로운 삶을 살아도 되고 지금 그대로의 삶을 살아도 된다. 삶에는 규칙들이 없어. 우리는 그 과정에서 최고 또는 최악의 인생을 만들 수 있지. 나는 네가 최고의 인생을 살기 바란다. 너를 놀라게 할 수 있는 것들을 네가 볼 수 있기를, 네가 느껴보지 못했던 것들을 느껴봤으면 좋겠어. 다른 관점을 가진 사람들도 많이 봤으면 좋겠어. 네가 자랑스러운 삶을 살기를 바란다. 만약 그런 삶을 살지 못했다는 것을 네가 알게 되었을 때도 다시 새롭게 시작할 수 있는 용기가 네게 있었으면 좋겠다. / 영화 'Benjamin button'

두려움은 직시하면 그뿐. 바람은 계산하는 것이 아니라 극복하는 것이다. / 영화 '최종병기 활'

이 세상에서 살아남는 유일한 방법은 바로 우리 스스로가 옳다고 믿는 바로 그 일을 하는 것뿐이다. / 영화 '토요일 밤의 열기'

우리가 매일 침대에서 나와야 하는 이유는 "내가 세상에 나온 목적 때문이다." / 아우렐리우스

"성찰하지 않는 삶은 살 가치가 없다." / 소크라테스

"진정으로 위대한 생각은 걷기에서 나온다." / 니체

비극은 항상 우리 곁에 있다. 생명이 있는 한 유한한 자원을 놓고 경쟁할 수밖에 없다. 그렇게 치열한 경쟁 속에서 살아남더라도 우리는 죽음이라는 한계를 안고 살아야 한다.

자기 능력 밖의 운명적인 일들에 부질없이 저항하거나 혹은 그것 때문에 좌절하는 것은 어리석은 일이다. / 마르쿠스 아우렐리우스

우리는 우리 능력 안에 있는 것들 가운데서 최선을 다해야 한다. 그리고 나머지는 자연이 주는 대로 받아들여야 한다. / 에틱 테토스

"내 능력으로 바꿀 수 있는 것"과 "운명적으로 수용해야 하는 것"을 객관적으로 판단할 수 있는 지혜를 키워야 한다.

자식이 있는 자는 자식 덕에 기쁨 또는 슬픔을 얻는다. 소를 가진 자는 소로 인해 기뻐하거나 슬퍼한다. 마음을 쏟아 매달리는 것들은 사람에게 기쁨이나 슬픔을 준다. 집착이 없는 사람은 기뻐할 일이나 슬퍼할 일이 없다.

소리에 놀라지 않는 사자처럼, 그물에 걸리지 않는 바람처럼, 물에 더럽혀지지 않는 연꽃처럼, 무소의 뿔처럼 혼자서 가라. / 석가모니

똥은 쌓아두면 구린내가 나지만 흩어버리면 거름이 되어 꽃도 피고 열매도 맺는다. 돈도 이와 같아서 주변에 나누어야 사회의 꽃이 핀다.

"눈물 젖은 빵을 먹어보지 못한 사람은 인생을 논할 자격이 없다." / 괴테

"사람들을 비난하는 것은 쓸모없을뿐더러 위험하기까지 하다." 꿀을 얻으려면, 벌통을 걷어차지 말아야 한다는 교훈이다. / 카네기의 '인간관계론'

가르치지 않는 것처럼 가르쳐야 한다. / 알렉산더 포프

우리는 오늘 창밖의 장미를 즐기는 대신, 지평선 너머 있는 마법의 장미정원을 꿈꾼다. 왜 그토록 어리석은가.

진정한 마음의 평화는 최악의 상황을 받아들임으로써 얻을 수 있다.

> 마음의 중심이 밖에 있으면 외부의 소망과 변덕에 휘둘리며 삶은 늘 흔들리지만, 마음의 중심이 완전히 내 안에 있다면 외부요인에 의해 결코 흔들리지 않고, 삶의 상황에 관계없이 만족할 것이다. 이에 의한 평온한 전념이 최고의 지적 능력을 발휘하게 할 것이다. / 쇼펜하우어

자신 스스로 옳다고 믿는 바를 행해야 하지만, 다른 한편으로 다른 이들과 협력해야 한다.

> 우리가 언제 죽을지는 선택할 수 없지만, 우리가 어떤 죽음을 맞을지는 우리의 의지로 선택할 수 있다. / 'Only the brave'의 대사 중

> 바람이 불지 않을 때 바람개비를 돌리는 방법은, 내가 앞으로 달려 나가는 것이다. / 데일 카네기

> 승자와 패자의 차이는 간단하다. 승자는 패자들이 하기 싫어하는 것을 했을 뿐이다. / 덱스터 예거

가장 큰 위험은 위험이 없는 삶이다. / 스티븐 코비

나는 고독 속에서 산다. 젊어서는 고통스러웠으나 늙어서는 달콤하다. / 아인슈타인

나는 모든 성공한 사람들의 하인이고, 모든 실패한 사람들의 주인이다. 사람들을 인생에서 성공하게 만든 것도 실패하게 만든 것도 다 내가 한 일이다. 여기서 나는 습관이다. / 아리스토텔레스

골프도 볼이 놓인 상태로 쳐야 하듯 우리의 인생도 마찬가지 아닌가. / 바비 존스

가난하게 태어난 것은 당신의 잘못이 아니지만, 가난하게 죽는 것은 당신의 잘못이다. / 빌 게이츠

지난날들에 아파하거나, 후회하지 말고 지금 우리에게 주어진 멋진 황혼의 시간을 아름답게 채워갈 기회가 있음을 알자.

ENDE GUT ALLES GUT(끝이 좋으면 모든 게 다 좋다). / 독일 속담

살아서 지옥을 건넌 자만이 죽어서 천국에 들 수 있다. / 단테

기적을 바란다면 기도를 하고, 결과를 원한다면 일을 하라. / 성 아우구스티누스

인생의 목적은 끊임없는 전진이다. 먼 곳으로 향하는 배가 풍파를 만나지 않고 갈 수만은 없다. 풍파는 언제나 전진하는 자의 친구이다. 차라리 고난 속에 인생의 기쁨이 있다. 고난이 심할수록 내 가슴은 뛴다. / 니체

삶이란, 삶의 의미

삶은 대담한 모험이 아니면 아무것도 아니다. / 헬렌켈러

영웅은 태어나는 것이 아니라, 만들어지는 것이다.

행복은 자아실현이다. 제비 한 마리 온다고 여름 온 것 아니다. / 아리스토텔레스 (일시적 쾌락과 행복은 별개)

행복해지려면 불행의 원인을 피해라. 순간쾌락과 이루지 못할 바람에 집착 마라. 비교하지 말고 자아성취에 정진하라.

삶이 슬픈 이유는 인간은 인생에서 가장 소중한 것을 깨닫기 전에 늙고, 찢어지는 아픔을 겪지 않고서는 불멸의 영혼을 얻을 수 없기 때문이다. / 셰익스피어

방어기제란 내부에서 나오는 충동을 억제하며 자신을 보호하기 위한 도구로서, 내적 갈등 외부 환경 요구와 자아 사이에 갈등이 발생할 때 생기는 불안으로부터 자아를 방어하는 책략을 말한다. 인간의 정신이 원초적 욕구에 지배당하는 "원초아"와 사회의 규범을 따르려는 "초자아" 이 둘 사이를 조정하는 "자아"로 구성되는데, "원초아"와 "초자아"의

요구 사이에 조정하는 과정에서 "원초아"의 욕구가 강해지면 불안감을 느끼는데 이로부터 벗어나기 위해 사용하는 것이 "방어기제"이다.

50세 이후의 삶은 아래로 향하는 내리막길이 아니라 바깥으로 뻗어가는 길이다. / 에릭 에릭슨

행복이란 인생의 희로애락을 기꺼이 감내하면서 섬세하게 짜나가는 자기 존중감에서 온다.

실존은 본질에 앞선다. / 샤르트르

인간은 존재만으로 충분한 가치가 있다. 존재는 지각되는 것이다. / 조지 버클리

이상이 있어 현실을 포기하지 않고 현실이 힘들수록 더 높은 이상을 추구하라. 우리에게 닥쳐오는 고난 또한 장벽인 동시에 선물임을 기억하라.

우리의 불행은 대부분 남을 의식하는 데서 나온다. / 쇼펜하우어

목표가 중요한 것이 아니라 목표를 향해가는 순간이 훨씬 중요하다. 영원의 관점에서 보면 우리의 삶은 끊임없이 반복된

다. 따라서 세상은 동일한 것이 영원히 회귀하는 과정에 불과하다. / 니체

인생에서 가장 가치 있는 일은 무엇인가? 가장 소중한 것은 무엇인가? 어떤 삶을 살아야 할 것인가? 끊임없이 고민해야 한다.
삶은 깨지기 쉽고 소중하며 예측할 수 없으며 매일 주어진 선물이지 주어진 권리가 아니다.

우리가 유토피아라고 생각하는 것이 사실은 모든 것이 조정되고 통제되는 디스토피아 사회일 수도 있다. / 올더스 헉슬리

세상만사는 필연적이다. 그러므로 인간이 자유롭다고 생각하는 것은 착각이다. 세상을 바꿀 수 있다는 생각은 감정소비이며, 불행의 근원이다. 감정에 일희일비하는 것은 합리적이지 못하고 "모든 것이 불가피하다". 이성적으로 생각할 때 마음이 편하다.

귀족의 고통은 권태, 평민의 고통은 궁핍 그래서 인생은 고통과 권태를 오가는 시계추이다. / 쇼펜하우어

인생은 실패한 계획의 잔해에 불과하다. / 영화 'The shape of water'

가끔은 살려고 노력하느라 진짜로 살 시간이 없는 것 같다. / 영화 'Dallas buyers club'

매 1분마다 인생을 바꿀 거리가 찾아온다. / 영화 'Vanilla Sky'

내가 누군지 내가 결정한다. / 영화 '보헤미안 랩소디'

아빠는 생각만 많아서 사는 게 힘들었잖니. 괜히 고민해 봤자 도움 안 돼. 어차피 일어날 일은 일어나는 거고 세상은 살아가게 돼 있어. / 영화 '내일은 없다 창문 넘어 도망친 100세 노인'

인생의 달콤한 즐거움은 모두 상처의 결과물이고, 인생의 아름다운 것들은 고난에서 얻은 것들이다. 우리는 직접 고난을 겪으며 남을 위로하는 법을 배운다. / 영화 'A simple life'

삶은 이유이자, 목적이다. 내가 생명을 책임지는 것이 아니라 생명이 살라고 명령하는 것. 살라는 명령에 귀 기울이면 삶은 더욱 신선해진다.

"온 세상은 무대이고, 모든 여자와 남자는 배우일 뿐이다. 그들은 등장했다가 퇴장한다." 생명체 입장에서 보면: "지구는 무대이고 모든 생명체는 배우일 뿐이다. 그들은 출현했다가 멸종한다." / 셰익스피어 삶의 고통에서 벗어나 자유를 찾으려는 간절한 여정이 바로 인생은 아닐까?

에포케라는 말은 판단정지를 뜻하는데, 판단을 그만둘 때 우리는 영혼의 행복을 찾을 수 있다. / 퓌론의 조언

자아실현이란 자기 정체성 확립을 위한 행복추구로, 자아초월의 의도하지 않은 결과로 파악해야 한다. 자아실현을 의도적인 목표로 삼는 것은 자기 파괴적이고 자멸적인 것이다. 자아실현도 실상은 정체성과 행복에 집착한다. 행복에 대한 추구야말로 행복을 없애는 탁월한 지름길이다. / 빅터 플랭클

노력과 집착 사이 모호한 경계도 내 안에서 벌어지기 때문에 놓는 것이 답이다. 초월이란 무언가를 이루기 위해 붙잡고 늘어지는 것이 아닌 놓아주는 것인데, 놓아주는 것보다 놓이는 것이 자아실현의 답이다. / 빅터 플랭클

의미는 무의식적으로 지각된다. 그래서 의미가 결핍된 곳에서만 우리는 의식화 된다. 삶이 위기상황에 직면할 때 의미에의 의지가 좌절되어 '이 삶은 더 이상 아무 의미도 없어'라고 말할 수밖에 없을 때, 자기를 기다리고 있는 의미가 있는데도 전혀 눈치채지 못할 때, 그럴 때에만 의미라는 것이 의식 표면 위로 떠오르는 것이다. / 빅터 플랭클

삶을 부정할 때 비로소 보이는 삶의 의미, 내가 삶을 사는 것이 아니라 삶이 나를 살기 때문이다. 삶을 살다 보면 삶의 의미는 자연스레 눈앞에 나타나는 법이며, 붙잡지 않고 놓아주다 보면 획득 가능하다.

"산의 계곡에서 마주친 여러 길은 산의 정상에서 보면 하나다." / 시이도어 로스케

당신이 가진 모든 것은 현재의 순간일 뿐이다. 당신은 오직 '지금 이 순간'을 살 뿐이다. 불안, 초조, 긴장, 스트레스, 걱정 따위의 두려움은 미래에 매달리고 현재에 머물지 못하기 때문이며, 죄책감, 후회, 원망, 한탄, 슬픔, 비탄 따위도 과거에 집착하고 현재에 있지 못하기 때문에 생겨나는 것들이다. / 책 '내가 틀릴 수도 있습니다'

삶은 죽음을 예단하지도 재단하지도 못한다. 죽음은 삶을 알지만 삶은 죽음을 모른다.
축복은 시련의 모습을 하고 찾아온다.

"우리가 행하는 모든 예술은 견습에 불과하다. 위대한 예술이란 바로 우리의 인생이다." / 메리 캐롤라인 리처드

"우리의 삶은 나를 지배하는 생각의 결과물이다." / 쇠렌 키에르 케고르

부와 명예를 얻기 위해 모든 것을 바치고, 그것을 지키기 위해 치열하게 살아가며, 그것을 남기기 위해 발버둥 쳐온 삶, 하지만 그것을 안고 가지도 못하는 허무한 인생.

원하고 사랑하는 것에 진정으로 다가갈 수 없고 욕망하는 것은 소유할 수 없다.

의술, 법률, 사업, 기술, 이 모두 고귀한 일이고, 생을 유지하는 데 필요한 것이지만, 시, 아름다움, 낭만, 사랑, 이런 것이야말로 우리가 살아가는 목적이다.

죽음은 특별한 것이 아니라 매우 일반적인 것이다. 삶은 죽음을 향해 달려가는 여정, 세상 모든 생명은 또 다른 생명의 죽음에 빚을 지고 살아가는 존재이기 때문이다.

자신의 모습을 찾고, 드러낼 때가 아름답다. 나다운 삶은 무엇인지 고민해 봐야 하는 이유이다.

늙음에 대한 스트레스나 두려움은 삶은 질을 떨어뜨리고 이에 대한 저항은 부질없는 짓이다.

시간이란 현재뿐이고, 현재는 선물이고 축복이다. 어둠을 두려워 말고, 양초에 불을 붙여라. / 이시형

두려워할 것은 늙음이나 죽음이 아니라 녹슨 삶이다. / 법정

인생 50년, 돌고 도는 무한에 비한다면 덧없는 꿈과 같다. 한 번 생을 얻은 자 가운데 죽지 않은 자가 어디 있으랴. / 오다 노부나가

만물의 영장이라는 인간

인간은 스스로 자유로울 때 가장 아름답고 인간적일 수 있다./
칸트

인간은 목적이 아니라, 존재 그 자체로 가치가 있다.
행복은 한방이 아니다. 행복은 기쁨의 "강도"가 아닌 "빈도"이다.

사람은 절대 상상하는 것만큼 행복해지지 않고, 절대 상상하
는 것만큼 불행해지지 않는다. / 라 로슈코프

현재의 소소한 기쁨에 소홀한 자는 절대 행복할 수 없다. / 파스칼

점진적 진화는 경쟁에 의해 촉진되지만, 근본적 진화는 협력
에 의해 일어난다. / 린 마굴리스

인간은 바뀐 기억 혹은 스스로 만들어낸 기억에 대해 확신을 갖는
존재이다.

수레바퀴처럼 돌아가는 거대한 우주의 질서 속에서 우리는
작은 부분에 불과하다. 이를 깨닫고 그 불가피함을 이해할 때

불필요한 고통이나 슬픔을 피할 수 있다. 우리는 어쩌다 있게 된 존재가 아니라 반드시 존재해야만 하는 필연적 존재다. / 스피노자

기억은 조작되는 것인가? 이는 틀린 질문이다. 과거의 기억은 객관적 상황에 대해 주관적 이해를 저장하기 때문이다.
똑똑한 사람은 많지만, 끝까지 하는 사람은 많지 않다.

행복하기란 아주 쉽단다. 단지 우리가 가진 걸 사랑하면 돼. / 영화 '원 트루 씽'

완전히 그 사람을 이해할 수는 없어도, 완전히 사랑할 수는 있다. / 영화 '흐르는 강물처럼'

당신을 모르고 100년을 사는 것보다 당신을 알고 지금 당장 죽는 게 나아요. / 영화 '포카혼타스'

젊은 사랑은 완벽을 추구하지, 하지만 나이 든 사랑은 누더기 조각들을 바늘로 꿰매고 그 속에서 아름다움을 발견하지. / 영화 아메리칸 퀼트

미래를 알게 되면 미래는 없는 거야. 고통과 행복 모두를 빼앗아 가버리는 거야. / 영화 '페이첵'

인생에서 가장 중요한 이틀은 자신이 태어난 날과 태어난 이유를 안 날이다. / 마크 트윈

인간은 인간의 기대만큼 위대한 존재가 아니며, 비관할 만큼 처참한 존재도 아니다. / 다이아몬드 제러드

인간의 불행은 고독할 줄 모르는 데서 온다. / 책 '고독의 위로'

외로움을 견디지 못하고, 관계에 휘둘리는 사람은 평생 다른 사람의 기준에 끌려 다닐 뿐이다. / 책 '혼자 있는 시간의 위로'

외로움을 피하려고만 하는 사람은 속에 괴로움이 많다. 사람에 집착하게 만들기 쉽다. 외로움을 선택할 줄 아는 사람은 초연해진다. 인간관계에서 강한 모습을 보인다.

"한 사람의 인생은 그가 어떻게 살았느냐 와 그가 어떻게 죽었느냐로 평가된다." / 헤밍웨이

금방 무너질 것처럼 약해진 아치에 돌을 더 올려놓으면 안전해지듯, 인간의 영혼도 어떠한 한계 내에서는 하중을 겪음으로 서 오히려 더 강건해지는 것 같다. / 빅터 플랭클 (오스트리아 정신과 의사)

다른 이를 지배하는 것을 가장 열망하는 사람이야말로 그 자리에 가장 어울리지 않는 사람이다.

나이가 들면 세월이 빠르게 느껴지는 이유는 도파민 감소로 시간 간격 짧게 인식하기 때문이다. 뇌 신경 처리 속도 저하로 저장 정보량 감소로 짧게 인식되고, 뇌가 새롭게 느끼지 않는 경험이 시간이 빨리 가는 것처럼 인식하기 때문이다. 따라서 시간의 속도를 늦추려면 새로운 것에 대한 도전과 학습, 하루를 돌이켜 보거나 일기를 쓰는 것, 즐거운 경험, 자연경관 감상으로 도파민 분비를 촉진해야 한다.

"사람들이 불가능하다고 말하는 건 그전에 그걸 본 적이 없어서야." / 드라마 '천국보다 아름다운'의 대사

인간의 영혼은 현상세계에 존재하는 것이 아니며, 인간은 오직 자신의 인식형식에 따라 제약된 세계만을 인식한다. / 칸트

신체가 살아있는 동안 생성과 소멸을 지속하는 세포는 모든 세포가 바뀌는 데 걸리는 시간은 7년, 세포 입장에서 보면 7년 전의 나는 이미 죽었다.

인간은 기회를 찾아 움직이는 성향보다는 위협이 두려워 가만히 있는 성향이 더 강하다. / Daniel Kahneman

인간은 욕구(need, 생존에 꼭 필요한 것)가 아닌 욕망(desire, 사회
적 인정을 받기 위한 상징)으로 산다. 인간이란 타인의 욕망을 욕
망하도록 길들여진 존재다. 타인에게, 세상에게 인정받는 것
과 나의 행복은 다르다. / 자크 라캉

의지가 강한 사람보다는 일상의 작은 일에 감동하는 사람들
이 더 오래 산다. / 빅터 플랭클

우리는 일생을 살면서 타인의 욕망을 욕망하고 있는 것은 아닐까?
우리는 외형으로 사람을 평가하지만, 그 사람의 삶을 보는 것이 그
사람을 아는 것이다.

우리가 어떤 인간을 미워한다면 우리는 그 모습 속에서 우리
안에 있는 무언가를 보고 미워하는 것이다. 우리 자신 안에
없는 것은 우리를 자극하지 않기 때문이다. / 헤르만 헤세

(내 안에 없는 것은 남한테서 볼 수 없다. 내 안에 무엇이 있는지 남을 통해 보
기 전까지 모를 때가 많다.)

경영자의 역량과 덕목

전환기에 필요한 경영자의 역량으로는 숨은 변화를 읽어내고 (통찰력), 다가오는 기회를 감지하여 (미래예측) 과감히 베팅하는 것이다. (용기, 결단력)

투자라는 것은 감정적인 행위이다. 즉 투자는 욕심과 두려움의 균형이다. / 데이비드 포트럭 회장

내부보다 외부가 더 빠르게 변하고 있다면, 끝이 가까워진 것이다. / 잭 웰치

살아남는 종은 강인한 종이 아니라, 변화에 가장 잘 적응하는 종이다. / 찰스 다윈

미래를 위한 올바른 판단을 위해서는 과거, 현재, 미래가 하나로 연결되어 있기에 지난 일들을 잘 분석해야 한다.

직관이 저지르고, 분석이 수습한다. 분석 없이 직관만으로는 성공할 수 없다.

관리자는 열차가 제시간에 오는지 확인하지만, 리더는 열차의 행선지를 확인한다.

우리는 지성을 신격화 시켜서는 안 된다. 지성의 힘이 강력하다는 건 사실이지만, 거기엔 인격이 없다. 그래서 지성은 우리에게 도움을 줄 순 있지만, 우리를 이끌 수는 없다. / 아인슈타인

마음을 이야기할 때는 공감을 해야 하지, 충조평판(충고, 조언, 평가, 판단)을 하지 말아야 한다. 그러나 책임을 져야 하는 잘못이나 실수는 공감이 아니라 충조평판을 통해 짚고 넘어가야 한다. 책임과 마음은 별개의 문제이기에 공감도 너를 공감하는 것보다 나를 공감하는 것이 우선이다. / 정혜신

한 사람의 아이디어를 훔치면 표절이지만, 여러 사람의 아이디어를 훔치면 작품이 된다.

작은 일에 담긴 진실을 몰라보고 주의를 기울이지 못하는 사람에게는 중요한 일을 맡길 수 없다. / 아인슈타인

실수를 저지르는 것도 주저하지 않고 행동하는 사람만이 누릴 수 있는 특권이다. 실수를 두려워하면 관료주의가 싹트고 혁신이 저해된다. 옳은 결정만 내리는 사람은 없다. 올바른 해결책을 찾으려면 결정한 것을 적극적으로 실행에 옮겨야 한다. / 캄푸라드 (이케아 창업자)

글을 잘 쓰고 설교를 잘하려면, 분노해야 한다. 그러면 내 몸

의 피는 끓고, 사고는 날카로워질 것이다. / 마르틴 루터

사람의 마음에는 날씨가 있다. 밝게 웃으며 보내고 싶은 맑은 날이 있고, 마음껏 울고 싶은 비 오는 날이 있다. 하지만 우리가 소중히 여기는 건 왠지 모르게 맑지 않은 흐린 날이다. / 도야유토 (클라우디 창업자)

지구라는 행성 살아보니 모두가 감사한 일이지만, 온통 싸움질에 이기적인 사람들로 오랫동안 쌓아두었던 가슴의 응어리와 위로받는 좋은 말들을 한 권의 책으로 풀어 본다. 열의 생각.